JN077844

岩城裕明

呪いのカルテ たそがれ心霊クリニック

実業之日本社

実業之日本社文庫

目次

呪い

呪いの話をしよう。

久那納《くななん》家にかけられた呪いの話を。


世の中にはたくさんの呪いがある。

王子様はカエルになったり野獣になったり。お姫様は白鳥になったり眠ったり。王家の墓を暴く者は次々と命を落とし、野球チームは優勝から遠ざかる。印刷技術が発達していなかった頃の本には、巻末に呪いの言葉が置かれていたという。「この本を盗んだ者は、死ぬまで苦しみ、死んでも苦しむ。起きている時は激痛にさいなまれ、寝ている時には糞尿《ふんにょう》まみれの夢を見る。身内や子孫にも降りかかると思え」といった具合に。

ここまで極端なものでなくとも、たとえば、携帯の電波が急に入らなくなるとか、送ったはずのメールが届いていないとか、休日がずっと雨だとか、今月だけ電気代が異様に高いとか、小さな呪いは身近にあふれている。
どうやら、人は理由がわからない不幸を「呪い」と名づける傾向があるようだ。だから、久那納家に降りかかる不幸も、呪いと呼ばれている。

久那納家の長子は三十歳までに必ず死ぬ。

この呪いが、いつ頃、どのように生まれたのかはわからない。調べられるだけ調べたところ、たしかに長子とされる者は皆、三十歳までに命を落としていた。その呪いは長子の長子へと受け継がれ、もし、長子が子を作らず死んだ場合は、兄弟姉妹の長子が、それもいなければ最も近い血縁の長子が受け継ぎ、やはり三十歳までに死んでいた。
これが呪いのせいなのか。あるいは、こういった事実があったから呪いと呼ばれるようになったのか、呪いが先か事実が先か、それは誰にもわからない。ただ、呪いと呼び始めたことにより、法則が明確になってしまった感は否めない。「久那納家って早死にが多くない？」といった曖昧な感想だったものが、「久那納家の長子は三十歳までに必ず死ぬ」というルールとなった。

ほとんどの者が己の不幸を嘆き諦めるように死んでいく中、この不幸が呪いであることに活路を見つける者が現れる。呪いならば解く方法があるのではないかと考える。野獣が愛を知ることで人に戻ったように、あるいは、いばら姫がキスで目覚めたように。

彼女は呪いという現象を調べあげ、試行錯誤の末、呪いを解く方法を確立したが、道半ばで三十歳を迎えてしまう。

彼女の意志は子へと受け継がれ、以降、久那納家の当主は呪いを解くための活動を続けている。

現当主は彼女の孫にあたり、名前を久那納恵介《けいすけ》という。

つい最近、二十八歳になった。都内の小さなクリニックで、心霊科医をやっている。

どうして幽霊は服を着ているのですか？

1

すりガラスの向こうを人影が行ったり来たりしている。入るべきかどうか迷っているようだ。そうなるのも無理はないなと思う。シャッターは辛《かろ》うじて開いているものの、電気はついておらず、中は薄暗い。つまり、こちらから外は見えるが、外から中の様子はまったく見えないということだ。

ガラス戸には春日《かすが》クリニックとあり、その下に診療受付時間と内科、消化器内科、泌尿器科といった診療科目が書いてある。でも、ところどころ欠けており、残っている文字もかすれて消えかかっている。やっているのか不安になる見た目ではあるし、実際、春日クリニックはやっていない。

春日クリニックの頭には、「元」という文字が手書きで足されていた。そして、A4の紙にテキストだけをプリントした味も素っ気もない説明文が貼られている。

元春日クリニックは、日本で唯一の心霊科クリニックです。心霊現象にお悩みの方、家に幽霊が出て困っている、家族が狐や悪魔に取り憑《つ》かれた、人形の髪が伸びる、捨てても戻ってくる、などなど。呪い、金縛り、幽体離脱、心霊写真、ラップ音、ポルターガイスト、原因不明の体調不良、肩こり、頭痛、目眩《めまい》、咳《せき》、喉の痛み、なんでも診察いたします。お気軽にご相談ください。

と書いてある。

この内容と店構えで「お気軽に」というのは無理な話ではないか。

しかし、人影は立ち止まり、恐る恐るドアを押して開けた。

男が顔をのぞかせる。三十代前半ぐらいだろうか。アイボリーのポロシャツに芥子《からし》色のズボンを合わせている。明るい格好とは裏腹に、脂でずり落ちた眼鏡の奥にうっすらと隈《くま》が浮かんでいた。「すいませーん」と言って辺りを見回す。

「こんにちは」と僕は受付カウンターから声をかけた。

傘立てにはくすんだビニール傘が一本。靴箱には緑色のスリッパがいくつか並んでいる。どれも、うっすらと埃《ほこり》をかぶっている。男はしばらく逡巡《しゅんじゅん》したあと、靴は脱ぐがスリッパは使わないと決断をした。

十畳ほどの小さな待合室には、壁際に雑誌ラックとベンチがあった。

男と目が合う。彼は視線を外すと、「すいませーん、どなたかいませんかー」と言った。

「はいはい、いますよー」

僕はカウンターから出る。第一診察室を通り過ぎ、奥にある第二診察室に向かう。ドアは開けっ放しになっているので、ノックもせずに勝手に入る。衣服が投げ込まれたカゴや、空のペットボトル、積まれた書籍といった診察室らしからぬもので散らかっている。そんな中、診察台で丸くなって眠っている男に声をかける。というか怒鳴る。

「恵介!」

「はい!」

久那納恵介は器用にも丸まったまま飛び起きて、正座で着地した。びっくりした目が僕をとらえる。もともとの癖毛に寝癖が混じり爆発していた。ひどい髪型だけれど、それが彫りの深い顔立ちに奇跡的に合っている。よれたシャツを引っ張り、飛びだした裾をズボンの中に入れさえすれば、なんとか人前に出られるだろう。

「お客さん、見えない人」と伝える。

恵介は欠伸《あくび》をしながら、「夢を見ていたよ。何不自由のない年金生活をしている夢を」と言った。

「払ってるの？」

恵介は答えず、テーブルの上にあった眼鏡をかけ、椅子の背に掛かった白衣を羽織った。

待合室まで行き、「お待たせしました」と言って今さらながら電灯をつける。

男は明かりのついた天井から恵介へ視線を移す。「先生ですか？」

「ええ、はい、そう呼んでいただいても構いませんよ」と恵介は曖昧に笑う。「とりあえず、こちらへどうぞ」

第一診察室の引き戸を開けて、男をいざなう。第一は第二と違って診察室の体裁を保っていた。

恵介が男の人に椅子を勧める。僕は邪魔にならないように隅の方へ移動した。

「本日はどういったご用件でしょう」と恵介はバインダーを手に、胸のポケットからペンを抜き取る。

「春日先生は、お医者さま、なんですよね」と男は不審そうな眼差しで恵介を見て

ていた。

蛍光灯の下で見ると、白衣にはところどころ染みがあった。不安になるのもしか

たがない。

「まず、私は春日ではありません」と恵介が笑みを浮かべる。「ほら、そこに」と

言って壁を指さす。

そこには黒い飛沫《しぶき》のあとが天井にかけて散っていた。

「あれが何か?」と男が眉を寄せる。

「春日先生は、ここで自害されたんです」と恵介は微笑《ほほえ》む。「首をバッサリと。あ

れはその時に飛んだ血のあとですねえ」

男の人は恵介の言葉を咀嚼するのに苦労しているようだった。

「いわゆる事故物件ってやつでして、格安でゆずっていただきました」と言って恵

介は眼鏡を手で押し上げた。

「いや、だとして、なぜそのままに」

「何よりも壁紙を張り替える持ち合わせがないこと。あと、事故物件に住んでいる

ということが、私の仕事ではマイナスにならないどころか、名刺代わりになるといいますか」

「じゃあ、本当なんですね」と男が前のめりになる。「幽霊を診る医師というのは」

「もちろん」恵介はニッコリ笑うと、「心霊科へ、ようこそ」と言った。

内科、外科、歯科、眼科、耳鼻咽喉科、神経科と診療科目は数あれど、心霊科を掲げている病院はここだけだろう。厳密には、恵介は医師免許を有していないので、病院跡に住む自称心霊科医というのが正しい。驚くべき胡散臭《うさんくさ》さである。

「あらためて、本日はどういったご用件でしょうか」と言って恵介はボールペンをノックした。

男は一度唾を飲み込んだあと、

「それが、うちに幽霊の死体が出るんです」

そう言った。

「なるほど」と恵介は頷《うなず》きかけて止まる。「幽霊の死体ってなんですか？」

依頼者の男は都築安親《つづきやすちか》と名乗った。

彼は、半年ほど前に中古住宅を購入し、夫婦で暮らし始めた。業者と何度も打ち合わせをし、隅々までリフォームした結果、新築と言っても誰も疑わないようなものになったという。

「最初は些細なことでした」と安親は話しだす。

引っ越しをして三ヶ月ほど過ぎた頃、妻が指に絆創膏《ばんそうこう》を巻いていることに気がついたんです。その時は料理中に誤って指先を切ったと言っていたのですが、それから、日に日に絆創膏の数が増えていったんです。さすがにおかしいと感じたので、妻に話を聞くと、キッチンに入るのが怖いと言って泣きだしました。

キッチンで女が苦悶《くもん》の表情を浮かべて倒れている。

とのことでした。その「女」が、いわゆる「幽霊」であることを理解するのに多少時間がかかりました。何しろ、そういった現象に一度も遭遇したことがなかったもので。

詳しく話を聞いたところ、ずっと見えているわけではなく、ふとした瞬間に見えるそうです。それで驚いてしまい、包丁で指を切ったり、食器を落として割ったりとたいへんだったようです。ただ、見えたからといって、女が動きだして摑《つか》みかかってくるようなことはなく、苦しげに表情を歪《ゆが》めて倒れているだけだと言います。まるで死体のように。

それから徐々に見える頻度が増えていき、いつしか常に見えるようになって――。今、妻は実家に帰っています。実はお腹《なか》の中に子供がいるんです。それで、子供が産まれる前になんとかしたくて、おうかがいした次第です。

話し終えた安親は、そのまま萎《しぼ》んで消えてしまうのではないかと心配になるほどに長々と息を吐いた。

「なるほど」とカルテに書き込みながら聞いていた恵介が顔を上げる。「いくつか質問してもいいですか？」

安親が頷く。

「まず、どうしてうちみたいに怪しいところに依頼を？　自分で言うのもなんですが」と恵介は苦笑する。

「それは、その、神宮寺《じんぐうじ》に紹介されて」

恵介は神宮寺の名前を聞いて、わかりやすく表情を曇らせた。

神宮寺とは、テレビ番組の制作会社でプロデューサーをしている男だった。「怪奇物件ぶらり探訪」というバラエティ番組を担当しているらしく、心霊科医という肩書きが目を引いたのか、何度か出演を依頼されたことがあった。送られてきたＤ

VDで番組内容を確認したところ、いわくつき物件を高名な霊能者が除霊するという流れなのだが、悪霊との争いの末、家屋が半壊するというあきらかにいきすぎた演出が加えられており、ふたりで苦笑した覚えがある。

「神宮寺さんとは、どういったご関係で？」

「大学の同窓です。あと、購入した物件も彼に仲介してもらったので」

「なるほど」と恵介は一度咳払いをして気を取り直す。「それで、その幽霊を見たのは奥さんだけですか？　ご自身では」

「私は見てません」

「ちなみに、あそこに何か見えますか？」と言って恵介は僕の方を指さした。

安親は診察台の上にボーッと立っている僕を見て、「血のあとが見えますけど」

と言って、僕の背後にある壁の状態を答えた。

「だから、見えてないって言ったのに」

「今は家にお一人なんですよね？　怖くないですか？」と恵介。

「だからなるべくキッチンへは行かないようにしています」

「奥さんの言うことを信じてらっしゃるんですね」

「ええ、もちろん」

「失礼ですが、ご夫婦の仲は良好ですか？」

「良好だったと思います。こんなことがあって、多少ギスギスはしましたが……あの、私たちの仲が幽霊と関係があるんですか？」

恵介はその質問には答えず、「都築さんは幽霊を、どういうものだと考えていますか？」と訊《き》いた。

「どういうものとも考えていませんが」

恵介は僕を一瞬だけ見て、説明を始めた。

「私たちはこう考えています。幽霊とは名残《なごり》だと」

たとえば、電車が通過したあとも響く振動のように、たとえば、ホットコーヒーを飲み干したあとのカップに温もりや香りが残っているように、あるいは、飾られていたトロフィーをどかしてみたら壁紙に日焼けのあとがくっきりと浮かんでいるように、人が生を終えた時にも何かした痕跡が残ります。幽霊も同じだと考えています。

残留思念体。

私たちはそう名づけました。

まあ、幽霊の方がわかりやすいので、以降も幽霊と呼びますが。

都築さんはどうして幽霊が服を着ているかわかりますか？

幽霊は平然と服を着ているのですが、その服はなんだと思われますか？　服の幽霊でしょうか？　人が死ぬと服も一緒に死ぬのでしょうか？　もしくは捨てられた服も幽霊になるのでしょうか？

だとしたら、この世界には服の幽霊があふれていて、死んだ人はそこから好きなものを選んで着ているのでしょうか？　残念ながらそんな面白い光景は見たことがありません。

私たちはこう考えます。

服も名残であり、幽霊の一部なのだと。

なので、服だけではなく、眼鏡をかけている幽霊もいますし、リュックサックを担いでいる幽霊や、自転車に乗っている幽霊もいます。それらはすべて生きている時に「自分である」と認識していたもの、あるいは日常だったものを再現しているにすぎません。幽霊は生きていた頃の名残だからこそ、生前の姿形を模しているのです。

そこで問題です。幽霊が生の名残だとして、幽霊の死体とはなんでしょうか。

いいですか、変な話なのですが、幽霊は生きていなければいけないんです。なぜなら、生きていた頃のコピーだからです。もちろん、血だらけの幽霊、頭がパックリ割れた幽霊、下半身がちぎれている幽霊などは存在します。でも、それらは、あくまでも死にかけている姿の幽霊であって、死んでいる幽霊ではありません。幽霊の死とは、この世から消えてなくなることです。それ以外にはありません。よく考えてみてください。幽霊の死体なんてものが存在するなら、この世は幽霊の死体で埋まっており、霊能者はあまねく窒息しているはずです。残念ながらそんな面白い話は聞いたことがありません。

恵介はそこで眼鏡を押し上げ、話を区切った。

さて、幽霊がなんたるかを得意げに説明している恵介だが、悲しいかな彼は幽霊を見たことがない。霊視能力がないからだ。

実のところ、世の中にいる誰しもが幽霊を見る力を持っている。ただ、その受信機の性能がイマイチのため、ごく一部の波長が合った幽霊しか見ることができない。まれそして、ほとんどの人はそんな運命の相手と巡り会うことなく一生を終える。まれに受信機の性能が良く、無意識に幽霊の波長を拾ってしまう人たちがいる。いわゆる「霊感がある」というやつだ。さらに、自分の中にある受信機を意識的にチューニングできる人たちを「霊視能力がある」という。

繰り返しになるが、恵介の受信機はポンコツである。ほとんどの幽霊を見ることができない。そんな彼が心霊科医などという仕事をやれているのは、すべて僕のおかげである。

僕は幽霊を見ることができる。

なぜなら、僕も思念体だからだ。

安親がおずおずと訊く。「じゃあ、うちにいる幽霊は一体」

「今のところ、皆目見当もつきませんね」

恵介は笑顔でそう言った。

その幽霊を診てみないことには始まらないと、とりあえず家にうかがう日取りを決めて、この日は終了した。

「よろしくお願いします」と安親が恵介の手を握る。もちろん僕の手は握らない。実際に霊視をするのは僕なのに。

安親を見送ったあと、恵介が唸《うな》り声をあげて待合室のベンチに寝ころんだ。

「どう思う？」

「たぶん、奥さんが旦那と別れたくてついた嘘《うそ》だろうなあ」と恵介は欠伸をする。

「幽霊の死体っていうのは、かなりユニークな嘘だけどな」

　後日、僕たちは安親の家にお邪魔し、果たして女幽霊の死体は、しっかりとキッチンに転がっていた。

2

　安親が帰宅する時間に合わせて、恵介と僕は先日教えてもらった住所を頼りに都築家へと向かう。

　夕方の六時。最寄り駅で降り、線路沿いをしばらく歩く。駅前の繁華街を抜け、なだらかな丘になっている住宅街に入る。茜《あかね》色の日差しが遠くの建物を縁取っていた。見上げた空は鮮やかな紫色をしている。

「この辺って前にも来たことがあったかな？」と恵介。今日は白衣の代わりにダークグレーのコートを着ている。

　どうだろう。辺りを見回してみても、なんとなく見覚えがあるような、ないような、といった曖昧な感情以上のものはわいてこなかった。もしかしたら、何かの調査で通ったことぐらいはあるかもしれない。

　都築家はシルエットこそ日本家屋なのだが、白と黒を基調としたモダンな見た目をしていた。窓から明かりが漏れている。インターフォンを押すと、すぐに安親が顔をだした。すでにネクタイはなく、襟元と袖のボタンが外されていた。玄関は広く、明るい色のフローリングに暖色系の明かりが光の波を作っている。

「キッチンは奥です」

　早速、現場へと案内される。

　ダイニングキッチンは洋間で、アイボリーの壁紙にはまだ傷も汚れもなかった。ダイニングとキッチンを分けるカウンターは幅広く、そこで食事も取れるのか丸椅子が並んでいた。首長竜のように蛇口が飛びだしている。

　まず、見えたのは足だった。

　キッチンへの通り道に、足が投げだされていた。

　僕は恵介の腕に触れる。

「いる」

　恵介がキッチンに目を向けた。

キッチンの床には、三十代後半ぐらいの女性が倒れていた。ゆったりとしたワンピースに淡い黄色のカーディガンを羽織っている。ぽっかりと開いた口の中に桜餅のような舌が見える。顎が上がっており、露《あら》わになった首にはくっきりと手形が浮かんでいた。僕は見たままを説明する。

「脈は」と恵介が訊く。

僕は彼女に近づき、首に指を当てる。何も感じず首を振ると、恵介が笑い声をあげた。

「あの、先ほどから何を」と安親が訊く。「脈ってなんですか？」

「脈は脈ですよ。血管の中を血液が流れてドクドクと感じるアレです。一般的に脈がないと死んでいると見なされますよね。幽霊もしかり」

安親は恵介の言葉を少し考えて、「しかりなんですか」と不思議な返しをした。

あまり知られていない事実として、幽霊には脈拍がある。生きている頃を模しているのだから当然といえば当然なのだけれど、恵介以外に幽霊の脈拍を確かめたという人間を僕は知らない。

「あの、さわれるなら、そのまま担いでどこかへ移動していただけないでしょうか」と安親。

「残念ながら」と恵介が苦笑する。

「私たちは幽霊に、幽霊は私たちに干渉できません」

優れた霊能者なら幽霊の波長に合わせて触れることまではできる。ただし、髪の毛一本として動かすことができない。それは思念体同士でも同じだった。だから、見開いた彼女の目を閉じることもできなかった。僕たちは干渉することができないのだ。基本的には。

「まあ、壊れているなら別ですが」

恵介がそう言った瞬間、
ジ、ジジジ
足下から音がした。

視線を向けると、彼女の一部がズレていた。二の腕と脇の一部が外側に飛びだし、すぐに戻る。それは受信不良などで映像に走るデジタルノイズに似ていた。

「恵介、ノイズが出てる」

僕がそう伝えると、恵介は手を口元に当て、「少しだけ問題が」と告げる。

「問題ですか」安親は家に幽霊の死体があるのにさらに問題があるのですか？　とでも言いたげに苦笑する。

「ごくたまに、心的外傷などが要因で、幽霊が変容してしまう場合があるんです。そうなった個体は幽霊という理《ことわり》を越えて、こちら側に干渉してくるようになります」

「はあ」と安親。

「なので、我々は干渉型思念体と呼んでいます。でも、まあ、一般的には」と恵介はキッチンの方に視線を向けて言う。

「悪霊、と呼ばれていますね」

「悪霊っていうと」と安親もキッチンを見る。「それは、良くないものですよね」

「悪ってついてますからね」と恵介が微笑む。「悪霊は存在するだけで、近くにいる人間に影響を及ぼします。本来は霊感などない人間のチューナーを自分の波長に強引に合わせて見えるようにするんです。それだけでなく、声をあげたり、触れたり、取り憑くことだってあります。姿や行動、思考も生前のそれには縛られなくなり、変容が進めば進むほど常軌を逸したものになっていきます」

一度壊れてしまった幽霊は自然消滅することはなくなり、どんどんと劣化していき悪質になっていく。

「そして何より、除霊するには干渉型思念体からノーマルな残留思念体に戻さなければなりません」

悪霊を除霊する場合、まず、変容の原因となった心的外傷をつきとめ、ノイズを除去し、治癒する必要があった。

「……なるほど」と安親は理解していないようだったが、恵介は続ける。

「まあ、あえていい点をあげれば、霊感がないはずの奥さんが幽霊を見てしまった理由がわかったことですね。つまり、キッチンにいる時間が長く、それだけ悪霊の影響下にあったからなのですが、ということはですね、旦那さんも時間さえかければ見えるようになるってことです」

「それのどこがいいんですか」

「夫婦の間にあった認識の差違が埋まります。幸い悪霊は死体です。近づかなければ場所を取る以外に害はないかと」

「冗談ですよね」

「冗談です」と恵介が真顔で言う。「とりあえずキッチンに近づかないことですね」

安親は僕たちを出迎えた時よりもゲッソリとしていた。今、霊験あらたかなお札や高い壺《つぼ》などを勧めれば、買ってくれるのではないか。

僕は彼女を見下ろす。少し角度を変えると、苦悶の表情が笑っているように見えた。

検分を終え、玄関で靴を履く段になって、恵介が急に動きを止める。

「どうしたの？」と僕。

「いや」と恵介が玄関を見回し、安親に訊く。「あの、この広さで二人暮らしだと、使っていない部屋もあるんじゃないですか？」

「はい、まあ」と安親。「物置になっている部屋はありますけど。ゆくゆくは子供部屋にと」

「その部屋に奥さんは出入りされていましたか」

「え？　さあ、どうでしょう」

「一応、その部屋も拝見していいですか」

どうしてそんなことを言いだしたのか、僕にはわからない。

再三言うが、恵介に霊感はない。しかし、その分、鼻の利く男ではあった。

物置部屋は居間の反対側に並んだ部屋の一番手前にあった。恵介が木目の引き戸に手をかけ、ゆっくりと開ける。僕は恵介越しに部屋の中を見た。

「わ」と声が漏れた。

恵介が僕を見る。

ジ、ジジジジジジジ

部屋の真ん中で、ノイズにより一回り体を膨らませた男がフラフラと揺れていた。

ここを子供部屋にするのは、やめた方がいいなと思った。

3

「というわけで、この部屋にも近づかないでください」

引き戸を閉めた恵介は、そう言って玄関へと歩きだした。

「え、というわけって、どういうわけですか」と安親が追いかけながら訊く。「いたんですか？　あの部屋にも幽霊が」

恵介が振り返り、安親の顔を見る。

「果たして見えないものを、いると言っていいのでしょうか。たとえばここで私が、いましたと言ったとします。それでどうなりますか。都築さんにそれを確認する術《すべ》がありますか。ありませんよね。ただ、家に悪霊がいるという事実が増えるだけですよね。ですから、私はあえて言い切りましょう。あの部屋に悪霊なんていませんでした。でも、あの部屋には近づかないでください」

安親は、この人は何を言っているのだといった表情を浮かべていた。

言い方はどうかと思うけれど、恵介の対処は間違っていない。悪霊は近づかなければ、基本的に害はないからだ。

物置部屋には、水色のパジャマを着た中肉中背の男が背中を向けて立っていた。こちらに気がついたような反応があったが、恵介がすぐに扉を閉めてしまったので、顔を見ることはできなかった。年齢はキッチンの女性と同じぐらいか、やや年上だろうか。

玄関まで見送りにきてくれた安親は、ため息をつき、「とにかく、よろしくお願いします」と今にも消え入りそうな声を漏らした。

都築家をあとにした恵介と僕は、歩きながら見てきたことを整理する。

都築家には二体の悪霊がおり、そのうちの一体は死亡している。素人判断ではあるが、首を絞められて殺されたように見えた。ならば、男幽霊が女幽霊を殺したのではないか、と考えてしまいそうになるけれど、そんなことはありえない。幽霊は幽霊に干渉できないからだ。唯一の例外が干渉型思念体である悪霊なのだが、その悪霊も悪霊には干渉ができない。そういった類の検証を、僕たちは散々やってきた。

今回は「幽霊の死体」という初めての事例ではあるが、やることは変わらない。とにかく二人について調べる。どういう関係なのか、あの家と関わりがあるのか、どういう死に方をしたのか。そこから悪霊になった原因である心的外傷を見つけだし治療するというのが、僕たちのやり方だった。

恵介は、安親から教えてもらった不動産屋の電話番号にかけた。

「幽霊が出たと依頼があって調査している者です」と正直に切りだす。何往復かやりとりがあったあと、「これが瑕疵《かし》にあたるのか判断するためにも、お話をお聞きしたいのですが」という言葉が効いたのか、翌日、担当者に会えることになった。

指定された喫茶店で待っていると、スーツ姿の恰幅《かっぷく》のいい、四十代前半ぐらいの男が入ってくる。店内を見回して、こちらに気がつく。

「どうも」と恵介と男は名刺を交換する。男の名刺には「宅地建物取引士　百地宗《ももちむね》男《お》」とあった。百地は受け取った名刺を見ながら椅子に座り、注文を取りに来た店員にアイスコーヒーを頼む。

「それで、えっと、お話というのは」

恵介は眼鏡を押し上げると、安親の家に幽霊が出たこと、それにより奥さんが体調を崩され実家に帰る事態になっていることだけを簡潔に説明した。

「幽霊ですか」と百地は苦笑する。「失礼かと思ったのですが、お電話のあと、都築さんに確認させていただきました」

もちろんそうなるだろうと、安親に調査を依頼していることを保証してもらえるよう事前に伝えてあった。

「御社は心霊現象を専門にされているとか」と百地が面白がるような視線を向ける。

「そういうのって免許とかあるんですか？」

「ありませんけどそれが何か」丁度、百地の背後にいた僕は耳元でそう囁いた。何かを感じ取ったのか、百地が振り向き、耳に手を当てた。

「本題に入ってもいいでしょうか」と恵介。

「え、あ、はい」

「これまでに都築さんが購入された家ないしは土地で、幽霊が出たといったことはありましたか」

「都築さんの前に住まわれていた方は二十年ほどお住まいでしたが、そういったことで悩まれていたという話は聞いていませんね」

「その方は、今どちらに」

百地は運ばれてきたコーヒーに砂糖を入れる。

「たしか、お子さんが自立されたので、夫婦で沖縄へ移住されました。昔からの夢だったそうです。なんでしたら、調べていただいても結構です」

恵介は名前と連絡先を訊き、メモを取る。「では、あの場所で、過去に事件や事故はありませんでしたか」

「あのね、久那納さん。過去を遡《さかのぼ》っていいなら、人がまったく死んでいない場所の方が珍しいんですよ。そりゃ誰かは亡くなっていますよ」と百地が鼻を鳴らす。

「どうせ、テレビを見て都築さんに近づいたんでしょ」

「……はい？」

「こういうことになるから、僕は反対したのに」と百地はブツブツとつぶやいている。

「あの、すいません」

「なんですか」

「そのテレビ番組というのは、なんのことでしょう？」

「何って、ほら、怪奇物件ぶらり探訪とかいう」

突然、聞いたことのある番組名に僕と恵介は顔を見合わせた。

恵介は元春日クリニックへ戻ると、すぐに第二診察室の中を探し始めた。

「あれ、どこにしまったっけ」

「捨てた記憶はないけど」と僕。

雑誌や衣服が重なってできた山が崩れる音と恵介の唸り声が聞こえる。探していたものはテレビの裏側に落ちていた。数ヶ月前に神宮寺から送りつけられてきたDVDをクリアケースから取りだし、プレイヤーに入れる。

テレビの画面に黒衣の着物を着た銀髪の男が映る。神妙な表情で住宅街を歩いている。放映時には風景にモザイク処理が施されていたらしいが、このディスクにはしっかりと映っていた。銀髪の男はある住宅の前で足を止める。カメラが男の視線を追う。そこにあったくたびれた日本家屋は、リフォームする前なので外見はちがうものの、間違いなく安親の家だった。行く道に既視感を覚えたのは、テレビ越しとはいえ一度見ていたからだった。

百地は僕らのことを、この番組を見て安親に目をつけた詐欺師にちがいないと思ったそうだ。誤解を解くために、また安親に電話をして丁寧に説明してもらった。

そうして仕入れた情報によると、安親の前の前の住人が家の中で亡くなっているということだった。夫が妻の首を絞めたあとに首つり自殺をしたらしい。いわゆる無理心中だったという。百地と別れたあと、図書館に寄り過去の地方紙を調べたところ、「無理心中か？」という見出しの小さな記事を見つけた。それによると、夫が門馬昭久《もんまあきひさ》、四十歳。妻が門馬静代《もんましずよ》、三十八歳とあった。学校から帰ってきた娘が台所で母を、書斎で父を発見したようだ。状況から考えて、この夫婦が都築家の悪霊で間違いないと思われた。

番組の中でも過去に無理心中があったということが、ほのめかされていた。神宮寺が、この事件を知った上で安親に物件を斡旋《あっせん》したのか、斡旋したあとに事件を知ったのかはわからないが、どちらにしても安親に黙っていたのだから悪い男である。

次に、恵介は沖縄に移住したという前の住人に電話して話を聞く。事故物件であることを承知した上で住み始め、最後までとくに問題はなかったとのことだった。

つまり、この時点で夫婦の幽霊はどちらも悪霊ではなかったのだろう。

では、どのタイミングで悪霊になったのか。安親が入居する前に「何か」あったのだ。「何か」というか「怪奇物件ぶらり探訪」だった。

恵介はため息をついたあと、ＤＶＤのケースに入っていた名刺の番号に電話をかけた。僕にも聞こえるようにスピーカーにしてもらう。

「はい、神宮寺です」と甲高い声が聞こえた。

「久那納です。ごぶさたしております」

「ああ、どうもどうも、ごぶさたしております」と神宮寺は快活に話し始めておいて、「あーっと、ごめんなさい、どちらさまでしたっけ？」と訊いた。

恵介は眼鏡を押し上げて、「心霊科医の」と小声で答えた。

「ああ、先生！　いやいや、ごぶさたしております」と神宮寺は、あははと笑い声をあげる。「ようやく決心していただけましたか」

「いえ」と恵介は出演交渉に話が向かわないように短く否定した。「都築さんの件でおうかがいしたいのですが」

「都築、都築、都築」と神宮寺はごにょごにょとつぶやく。「えーっと、それはどちらの」

恵介は鼻から息を吐く。「事故物件を紹介された、大学の同級生の」

「はいはい。都築ですね。ホントこの歳《とし》になると物忘れがひどくて困ったもんです。あはは。いやね、あれはうちの番組で除霊もしてみたんですけど、まったくダメでして、ここは先生に頼るしかないと思って、ご紹介させていただいたんですよお」

と神宮寺はまくしたてる。「で、いかがでした、出ましたか?」

恵介は神宮寺の質問を無視する。「番組について訊きたいことが」

「あ、DVD届きましたか? どうでした?」

「撮影中に何か変わったことはありませんでしたか?」

「そりゃ、ありましたよ。ラップ音は鳴りやまないし、スタッフはバタバタと倒れるし、機材トラブルだって」

恵介は神宮寺の与太を遮《さえぎ》り、「除霊の現場に立ち会われたのは、スタッフとタレントさんと霊能者の方だけですか?」と訊く。

「あ、はい」

「除霊された方の連絡先を知りたいのですが」

「あいつはただの売れない俳優ですよ」

「は?」

「だって、先生が出てくれないから、しかたなく」と神宮寺は少しだけ間をあけ、思いだしたように、「ああ、そういえば御家族にも来ていただきましたよ。ほら、両親を発見した娘さんとか」と言った。

「連絡先を教えてください」

連絡先を聞きだし、恵介は電話を切った。もちろんタダでは済まず、今回の件が片づいたあとに食事をする約束をとりつけられてしまった。

娘さんの名前は杏子《きょうこ》といい、結婚されて増田《ますだ》姓に変わったそうだ。電話をかけ、素直に事情を伝えると、思いのほかすんなりと会ってもらえることになった。


増田家は、芸能人も数多く住んでいるという閑静な住宅街にあった。心なしか歩いている人たちが皆モデルのように見える。黄色いストールを首に巻き、トイプードルをつれたご婦人に「こんにちは」と挨拶される。見知らぬ人間と挨拶を交わす文化に慣れていなかった恵介は、「え」と一瞬詰まったものの、「こんにちは」となんとか返していた。

教えてもらった住所には、三階建ての住宅があった。家の周りを鉢植えが囲っている。乱雑に見えるがちゃんと手入れされているようで、小ぶりの花がいくつも咲いていた。インターフォンを押すと、ほどなくして女性が現れた。太いボーダー柄のセーターにジーンズ、明るい色に染めたショートヘアを片方の耳にかけている。たしか三十代のはずだが年齢よりも幼く見える。

挨拶すると、「どうぞ」とリビングに通される。事前にこれまでの経緯と、もし心配なら、安親か不動産屋の百地に確認してみてくださいと伝えてあった。

「温かいお茶でいいですか」と杏子がキッチンから声をかける。

「あ、おかまいなく」

アンティークと思われるウッドチェアに腰をおろして待っていると、杏子がお盆を持ってくる。お茶請けは最中《もなか》だった。

「ありがとうございます」

「いえ、丁度、私も飲みたかったので」

恵介は湯呑《ゆの》みに口をつけたあと、改めて都築家で杏子のご両親と思われる二体の悪霊が見つかったことを説明した。

「えっとつまり、私たちが昔住んでいた家に女性と男性の幽霊がいて、それらが私の両親の幽霊だと？」

「状況から考えるとそれ以外には考えられないかと」

「それは、ないと思います」と杏子はキッパリと否定する。

「もちろん、にわかには信じられないことだと思います」

「いえ、そういうことではなく」と杏子は困ったように眉を寄せる。「母は生きているので幽霊にはなれないと思うんです」

「……は？」

「たしかに母は父に首を絞められて、一時は心肺停止状態になったのですが、救急車の中で息を吹き返してるんです」

そこで、玄関の方から「ただいま」という声が聞こえる。カカカとフローリングを何かが駆ける音がして、リビングにトイプードルが飛び込んできた。

「あら、お客さん」

続いてリビングに入ってきたのは、先ほど道ですれ違った黄色いストールを巻いたご婦人だった。

「母です」と杏子が足にじゃれつくトイプードルを撫《な》でながら言った。

信じられないといった顔をした恵介が「門馬静代さんですか？」と訊いた。

「はい」と言って静代は首を傾《かし》げた。

よく見ると、顔のパーツがキッチンで苦悶の表情を浮かべていた幽霊に似ている気がした。いや、彼女は生きているのだから、幽霊と彼女が似ているのはおかしい。

しばし呆然《ぼうぜん》としていたら、「なるほど」と恵介がつぶやき、「一つだけ思いついた」と言う。

「何を？」

「幽霊の死体を作る方法」

4

都築家の除霊は、奥さんが安定期に入るのを待って行われることになった。現時点で唯一の被害者であり悪霊の影響を受けている彼女に、幽霊が消えるところを見てもらう必要があったからだ。彼女の視点がないと、除霊という名のパントマイムになってしまう。

「次の週の日曜日に」と安親から連絡があり、昼過ぎの明るい時間帯から始めることになった。都築夫妻、門馬静代、娘の杏子、そして僕たちが都築家のダイニングに集まる。

「うわ、きれい」と杏子が感嘆の声をあげる。「リフォームでここまで綺麗《きれい》になるんですね」

「そうですね」と安親が力なく笑う。

大きな窓から差し込んだ明るい日差しが、アイボリーの壁紙、フローリング、キッチンを白く切り取っている。まるで家具カタログの一ページのように見えた。とてもじゃないが、幽霊がいるとは思えない。

「何ヶ月目ですか？」と静代が奥さんに声をかける。

「もうすぐ六ヶ月です」と奥さんが答える。表情が少し強《こわ》ばっている。

「では、始めましょうか」と恵介。今日は白衣を着ていた。洗濯したので、ちゃんと白い。

僕は部屋の隅に身を置いた。

「まず、諸々確認させてください、奥さん」と恵介が訊く。「今も幽霊が見えますか」

すると、ずっとキッチンに背を向けていた奥さんは恐る恐る振り返った。身を寄せていた安親が腰に手を回す。

「はい」と頷く。

「それは横たわった女性の幽霊ですね」

「はい」

「黄色いカーディガンにワンピース、そして、首を絞められて殺されたような姿をしていますね」

「……はい」

「静代さん」と恵介が矛先を変える。「今の話を聞いて、とくに服装に関して覚えはありませんか？　事件があった日に着ていた服と同じではないですか？」

「どうでしょう」と静代が眉を寄せる。「もうずいぶんと昔のことですし」

「私は覚えてるよ」と杏子が顔を上げる。「あの日の母は、たしかに黄色いカーディガンを着ていました。それに、ずいぶんと様変わりしてますけど位置的には、あの辺りに倒れていたと思います」

そう言って倒れている幽霊を指さした。

「ありがとうございます。つまり、ここには静代さんと思われる幽霊の死体があるということになります」

そう言うと、皆が恵介に戸惑いの視線を送る。

「ええ、自分でも変なことを言っているなと思います。このヘンテコな事態を説明するためにも、もう一つ確認させてください」

では、移動しましょう。

そう言って恵介はダイニングから出ていった。皆は顔を見合わせて後に続く。向かった先は物置部屋だった。

「この部屋にもう一体、昭久さんと思われる幽霊がいます」

「やっぱりいるんじゃないですか」と安親が叫んだ。

恵介は無視して、「この部屋に最後に入られたのはいつですか？」と奥さんに訊く。

「さあ、めったに入らないので」

「キッチンで幽霊を見るようになってからはどうですか」

奥さんは少しだけ考えて、「入っていないと思います」と答える。

「わかりました。これからドアを開けますが、何が見えても害はないので安心してください」

奥さんが頷くのを確認し、恵介が引き戸を開けた。

部屋の中には、パジャマ姿の男がノイズにまみれて立っていた。奥さんは目をつむり、安親の腕を握った。

「部屋の中に幽霊が見えますか？」と恵介。

奥さんは頷く。

「それは、中年男性で、水色のパジャマを着ていますね」

「はい」

「静代さん」と恵介。「今、説明した姿に覚えはありますか？」

静代が目を細める。「ええ、はっきりと覚えています。昭久さんがそこにいるのですか？」

背中を向けていた干渉型思念体がゆっくりと振り返る。目玉や口元がジジッと横にずれては戻る。

「いえ、いるのは昭久さんの名残です」と恵介は眼鏡を押し上げる。「元々、ここは書斎だったのでは？」

静代と杏子が頷く。

干渉型思念体がヨタヨタとこちらに向かって歩きだす。

「こっちにきた」と僕は恵介に伝える。

「丁度いい、このままキッチンまでついてきてもらおう」

皆は恵介の指示でキッチンへ戻る。そのあとを干渉型思念体がついてくる。手の動きや視線から静代を追いかけているようだった。

「さて」と恵介はテーブルに手をつく。

都築夫妻はキッチンカウンターの丸椅子に座り、杏子と静代はテーブルの椅子に腰をおろす。

「この家に二体の幽霊がいることがおわかりいただけたと思います。一体はキッチンで死んでいる女性の幽霊、もう一体は物置部屋にいた男性の幽霊ですね。そのどちらもが悪霊であり、長時間近くにいると干渉を受けます。霊感がなくても、奥さんのように姿が見えてしまったり、声を聞いたり、更に進行すると、身体を乗っ取られる場合もあります」

「あの」と奥さんが割り込む。「その、男の幽霊が静代さんの足に」

皆が静代の足下を見る。

実は、ダイニングにやって来た男の幽霊は静代の足にすがりつき、ボソボソと何かつぶやいていた。

「害はありますか？」と静代。

「すぐにどうにかなることはありません」

「なら構いません。続けてください」

「え、いいの？」と杏子が声をあげる。

静代は足下を一瞥《いちべつ》もせずに、「続けてください」と言った。

恵介は軽く頷き、再開する。

「姿や状況から考えて、女性の幽霊は静代さん、男性は昭久さんであると思われます。ただ、これはおかしいですよね。なぜなら、静代さんはこの通りご健勝でいらっしゃる」

静代が微笑む。

「静代さんでないとしたら、この静代さんとしか思えない幽霊の死体は一体誰なのでしょう。更に、不思議なことがもう一つ、奥さんが昭久さんと思われる幽霊を見ることができるのはなぜでしょう」

「なぜって」と奥さん。

「悪霊化してからの昭久さんは元々書斎があった物置部屋にこもっていたものと思われます。しかし、奥さんは物置部屋に長い間足を踏み入れていないんですよね。だとするなら、干渉を受けるはずがないんです。それなのに奥さんは昭久さんを認識している。なぜでしょう」

干渉型思念体が影響を及ぼすには、それなりの時間が必要だった。奥さんが昭久の姿を認識するには、キッチンと同程度の時間を物置部屋で過ごしている必要があった。でも、奥さんは物置部屋に近づいていないという。

「なので、私はこう考えることにしました。キッチンで死んでいる女性の幽霊と、静代さんの足下にいる男性の幽霊は同一の存在であると。都築家にいる幽霊は二体ではなく、二体に見える一体なのではないかと」

そう言ったあと、恵介は皆を見回し、「どうして幽霊が服を着ているのか、わかりますか？」と訊いた。

答えようとした安親を遮って、恵介が続ける。

「私たちは幽霊を生の名残だと考えています。たとえば、離れても残る肌の温もりのように、シーツに染みついた汗のように、頭の中で反響する別れの言葉のように。人が生を終えた時にも何かしらの痕跡が残ります。それが幽霊なのです。幽霊は生前の姿形を模しています。なので、服だけではなく、カツラをかぶっている幽霊もいますし、包丁を握っている幽霊や、バイクに乗っている幽霊もいます。それらはすべて、生きている時に、自分であると認識していたもの、あるいは日常だったものを再現している、とも言えます。つまり、女性の幽霊は昭久さんの服なのです。

再現された昭久さんの日常であり、自分の一部だと思っていたものです」

そこまで一気にまくしたてた恵介は、一度深呼吸をして、皆の顔を確認したが、とくに反応らしい反応はなかった。それも当然で、四人中三人は幽霊が見えず、見える奥さんにしても、いきなり女性の幽霊が服だと言われて戸惑っているようだった。

「静代さんをともなって幽霊になった昭久さんは、この家の中でずっと静かに漂っていたと思われます。そこへ突然テレビ番組のクルーがズカズカとあがってきたわけです。その中に静代さんと杏子さんの姿があった。すると当然、昭久さんは静代さんが生きていることに気がついてしまう。今まで隣にいた静代さんが偽物だと知る。だから、壊れた」

一緒に死ねたと思っていたのに、違ったから、殺した。

あの時と同じように、キッチンで首を絞めて。

僕は静代を見る。彼女は首に巻いた黄色いストールに手を当てていた。

「よくわかりませんが、昭久さんは偽物の私を作りだして一緒に暮らしていたってことですか？」と静代が訊く。

「そうですね」

いつの間にか日が少し陰ってきていた。昭久が静代を見上げている。静代はキッチンの方を見ていた。「お母さん」と杏子が静代の腕に触れる。

「以上が、都築家に幽霊の死体という風変わりな悪霊が生まれた経緯です」と恵介は締めくくった。

やっぱり反応らしい反応はとくになかった。

「あの、経緯はわかったのですが、その、除霊の方は」と安親がおずおずと切りだした。

恵介は頷く。「そのために、まず、悪霊を残留思念体に戻します。昭久さんの幽霊は、今まで一緒にいた静代さんの幽霊が偽物だと気がつき、壊れました。そのときに受けた心的外傷を治療します」そこで静代に視線を移す。「お力添えをいただけないでしょうか」

「殺されそうになった男の治療に力を貸せと」

「除霊するためです」

「私を殺そうとした男を許せと？」

「いえ、その逆です」と恵介は眼鏡を押し上げる。「静代さんがいるということが、昭久さんの理を崩すのなら、静代さんが、静代さんでないことにすればいいのです」

　どういうことですか？　と問うように静代が眉を寄せる。

「静代さんが、昭久さんと無関係であると伝えればいいのです」と恵介はニッコリと笑う。「三行半《みくだりはん》というやつです」

　静代はしばらく恵介を見ていたが、ゆっくりと足下に視線を移した。

　初めて静代と昭久の視線が合う。もちろん静代の目に昭久の姿は映っていない。

「私は、あなたの妻ではありません」

　静代は丁寧に伝えた。

　その言葉が昭久に染み込んでいくのと同時に、懇願していた表情が抜け落ち無表情が残った。すがりついていた足下から離れ、すくっと立ち上がる。体中に細かく走っていたノイズは、一度大きく弾《はじ》けたあと、体の中へとおさまっていった。「ああ、そうか」と思いだしたようにキッチンに視線を向ける。その先には上半身を起こし、蘇《よみがえ》った女性の幽霊がいた。「私の妻はこっちだった」と昭久は、彼にとっての理想の妻へと向かっていく。

「墓麿《はかまろ》」

　恵介が僕の名前を口にする。

僕は頷き、部屋の隅から背を離す。

ここからは僕の仕事だった。

残留思念体は人間に干渉できない。人間も残留思念体に干渉できない。そして、残留思念体も残留思念体に干渉できない。唯一の例外が干渉型思念体、つまり悪霊だけだった。ただし、悪霊同士だとやはり干渉することができない。それが問題だった。だから、昭久を治療する必要があった。

ジジジジジジジ

ノイズにまみれた足で歩く。

悪霊である僕は、ただの残留思念体に戻った昭久に干渉することができた。

体中に走っていたノイズを口元に集める。

ジジジッと口が左右にずれ、広がり、空間に浮かんだ巨大な裂け目と変わる。

妻を抱いた昭久がこちらを見上げていた。

裂け目がゆっくりと二人を覆っていく。

まるで蛇が獲物を呑むように、僕は昭久の記憶や感情を呑み込んだ。

※

キッチンに茜色の日が射し込んでいる。

僕は震える手で女性の首を絞めていた。

女性は冷めた目で僕を見ている。

哀れんでいるようだった。

落ちた涙が女性の頬の上をツウと流れる。

僕は昭久で、女性は静代だった。

資産家の娘だった静代とは大学で出会い、卒業後すぐに結婚した。

婿養子となった昭久は、門馬家が経営している商社に入ることが決まっていたのだが、それを蹴って、服飾関係の会社を立ちあげる。

初めの頃は良かった。門馬家のコネやツテが使えたから。しかし、徐々に業績は悪化していく。会社自体は門馬グループではないのに、笠に着た営業手法が反感を買っていたようだ。そこで静代の父親に頭を下げていれば、どうにかなっていたのかもしれない。でも、プライドの高かった昭久には、それができなかった。しばらくして会社は潰れ、それからは何もやってもうまくいかず、静代に捨てられるのではないかという猜疑心《さいぎしん》だけが膨らんでいった。

気がつくと妻の首を絞めていた。

あふれる感情を流しこむように手に力をこめていた。

失いたくなかった。離れたくなかった。僕のものだと思った。


「大丈夫か」

目の前に恵介がいた。

悪霊にとって大丈夫な状態というのがどういうものなのかわからなかったけれど、とりあえず頷いておいた。

除霊が終わったのは日が沈む直前だった。

幽霊がいなくなったことは奥さんが、しどろもどろになりながらも説明してくれた。

最後に静代が膝をつき、「ご迷惑をおかけして申し訳ありませんでした」と頭を下げ、杏子と都築夫妻をあたふたさせていた。

元春日クリニックに戻ると、よほど疲れていたのか恵介は着替えもせずに診察台へと倒れ込んだ。

「何が見えた?」と訊く。

昭久について訊いているのだろう。

僕は残留思念体を取り込む際に見たものを伝える。

しかし、すぐに恵介の相槌《あいづち》は曖昧になり、寝息に変わってしまった。

僕は彼の寝顔をしばらく眺め、「おやすみ」と声をかけた。

自称心霊科医　久那納恵介

彼は三十歳で死ぬ。

僕が殺すことになっている。

呪いという悪霊である僕が。

祖母

初めて「呪い」という存在を目でとらえたのは、恵介の祖母にあたる寿子《としこ》という女性だった。

それは人型の黒い霞《かすみ》だったという。

元々、久那納家は霊感の強い子供が生まれやすい家系であり、霊媒や除霊を生業《なりわい》としている者も少なくなかった。その中でも寿子は特別だった。幼少期より思念体という存在を認識し、独自に研究し、仮説を立て、検証し、理論を確立していった。

それもこれも久那納家の呪いを解くためだった。

呪いという理不尽なルールは変えられないとしても、我々が知らない他のルールがあるのではないかと考えたのだ。

いくつかの実験を経て、幽霊を「残留思念体」、悪霊を「干渉型思念体」、呪いを「呪体」とし、それらは同質のものであり、呪体とは干渉型思念体の人格が完全に崩壊し、影響力だけが残ってしまった存在ではないかと推測した。だとするなら、干渉型思念体を治療して残留思念体に戻せるように、呪体を干渉型思念体に、さらには無害な残留思念体に戻せるのではないか。

ある日、寿子は治療した少年の思念体を呪体に与えてみた。すると、体を覆っていた霞がほんの少しだけ晴れたように見えた。

同様の手順を何度か繰り返した結果、干渉型思念体を治療し残留思念体に戻したものを「ワクチン」として摂取させることが有効だとわかった。しかし、この時点で寿子の齢《よわい》はすでに二十五を過ぎていた。

寿子は霊能者として干渉型思念体である悪霊を除霊し、呪体にワクチンを与え続けた。その度に霞を脱ぎ捨て、人の姿を取り戻していくそれに、彼女は「墓磨」と名前をつけた。

身代金の相場を教えてください

1

「娘を探していただきたいのです」

名取千草《なとりちぐさ》は椅子に腰を下ろすなりそう言った。

場所は元春日クリニックの診察室。真ん中で分けられた長い黒髪に、化粧気のないやや細長い顔、つまんでそっと持ち上げたような小さな鼻、薄い唇は少し乾燥していた。

対する恵介は、先ほど起きたばかりという顔をしている。白衣のポケットから手をだし、眼鏡の奥にはくっきりと隈が浮かんでいた。

夜は有名な心霊スポットを巡り、干渉型思念体を探しているため、寝不足の日々が続いていた。

「誘拐されたみたいなんです」と千草が続ける。

「それは、たいへんですね」と恵介は眼鏡を押し上げる。「ただ、残念ながら、うちは心霊現象を専門としたクリニックでして、誘拐は専門外かと」

自称心霊科医である恵介は、事故物件だった春日クリニックを格安で借り、元春日クリニックと名前を改めて開業した。といっても見た目は潰れた春日クリニックのままであり、シャッターは半分しか開いていないし、待合室の電気はついていないし、主は大体寝ている。

「はい、だからお願いしたいんです」

千草は一度唾を飲み込んだあと、

「娘は幽霊なので」

と言った。

千草が娘の幽霊を初めて認識したのは、半年ほど前のことだった。

夫と別れ、アパートの一室に移り住み、一年ほど経《た》っていた。妊娠したのを機に辞めていた医療事務の仕事に復帰し、ようやく生活のサイクルが整ってきたところだった。

アパートはワンルームでドラえもんが二、三人は暮らせそうな広めの押入れがついていた。建物自体は古いものの、内装は妙に綺麗だった。壁紙もフローリングも窓から入る日差しで目に痛いほど輝いていた。当時の心境とは正反対ともいえる部屋を意識的に選んでいたのかもしれない。家賃が相場よりもずいぶんと安かったのも決め手になった。カーテンはミントが香りそうな明るいグリーンにした。

異変は音から始まったという。

夕食を終え、雑誌をパラパラとめくっていたら、押入れの中から衣擦《きぬず》れのような音がした。押入れは上下に分かれており、上に畳まれた布団が、下に服などを入れる収納ボックスが入っていた。枕でも滑り落ちたのかなと思ったら、しゅるしゅるとまた聞こえた。

枕はひとつしかなく、何度も落ちるはずがない。もしかしてネズミ？　と恐る恐る押入れの襖《ふすま》を開けた。

とくに変なところはなかった。枕は畳まれた布団の上にあり、ネズミらしき痕跡も見あたらず、一応荷物をだして、壁を確認したが、穴なども開いていない。ホッとしつつも、音の正体はつかめず首をひねりながら閉めた。

それから、度々、音が聞こえるようになった。もう中を確かめることはしなかった。ただ、音が聞こえると、自然と耳を澄ます癖がついた。

衣擦れの音以外にも、壁を擦《こす》る音や軋《きし》む音なども混ざりだし、そのうち、まるで誰かが押入れの中で息を殺して暮らしているような気がしてきた。だから、収納ボックスと壁の間に三角座りをする子供を見た時も、ことさら驚かなかった。

四、五歳ぐらいの女の子だった。

ピンク色でチェック柄のパジャマを着ている。

布団を取りだすところだったので、そのまま気がついていないフリをして布団を敷いた。襖は閉めなかった。電気を消し、横になり、押入れの方へ顔を向けた。暗闇に目が慣れ、姿が徐々に浮かびあがる。

女の子はうつむき、足の指をくねくねと動かしていた。

いつの間にか千草は泣いていた。口から嗚咽《おえつ》が漏れるのを手で抑えなければいけないほどに。

私の娘だと思った。

死んだ私の娘だと。

カオリ。

それが娘の名前だった。

初めの頃は、音は頻繁に聞こえるものの、カオリの姿を目にできるのは稀《まれ》だった。目の端で娘の姿を捉え、慌てて視線を向けると、影の中へとすっと消えてしまう。同じようなことが何度かあり、こちらが前のめりになると逃げてしまうとわかった。それからは気配を感じても何食わぬ顔で気がついていないフリをするようにした。カオリはいつも収納ボックスと壁の間に座って、足の指をじっと見ていた。音はどうやって鳴らしているのか、見えていないところで動いているのかもしれない。いつしか目の端でならいつでも姿を捉えられるようになっていた。カオリは千草の動きを目で追っていた。ここで視線を合わせてしまえば、また消えてしまうかもしれず、グッと堪《こら》えた。

四つん這《ば》いで押入れから出てくる姿を見た時も、あげそうになった声を飲みこんだ。それからは部屋のいろんなところから音が鳴るようになった。それだけでなく、扉が勝手に閉まったり、テレビが勝手についたり、サボテンの鉢が落ちて割れたりといった現象が起こり始め、ますますカオリの存在を身近に感じられた。

夜、目を覚ますと、カオリがのぞき込んでいたことがあった。千草は瞬時に驚きを表情にださないように奥歯を嚙《か》みしめ、寝返りを打ち視線をはずした。そして、さりげなく端に寄り、入ってきてもいいのよと布団を空けた。

耳を澄ませて衣擦れの音を待ったが、気がつくと朝になっていた。カオリが布団に入った形跡はなかった。それでもその日からは端で眠るようにした。

子供用の可愛らしい食器を買い、テーブルに並べた。カオリのために食事を作った。料理をするのがこれほど楽しいと思ったのは初めてだった。スーパーで食材を選ぶときもカオリのことを考えた。食育の本を読み勉強もした。見た目も大事だろうと、オムライスにケチャップで「カオリ」と書いた。まず自分の分を食べ、しばらく待ち、カオリの分を食べた。結果、一ヶ月で五キロほど太った。痩せすぎていたので、丁度良かった。

その日の献立は細かく刻んだ野菜をふんだんに混ぜ込んだハンバーグだった。できあがった料理をテーブルに運んでいると、勝手にテレビがついた。テレビが見やすいところにカオリの分を並べ、千草は向かい側に座った。

ハンバーグからのぼる湯気を見ていた。その奥にチェックの柄があった。ゆっくりと視線を上げると、カオリが座っていた。不思議そうな表情で千草を見ていた。

初めて目が合った瞬間だった。

カオリはすぐに視線をテレビへ移した。

千草は娘を見ながらハンバーグを食べた。娘が消え、向かい側に残った冷めたハンバーグも残さず食べた。食べ終わっても涙が止まらなかった。

日に日にカオリがそばにいることが多くなっていった。掃除や料理をしていると足下におり、本を読んでいるとそばに座っていた。その頃には目を向けても消えなくなっていた。カオリの気配を感じると、買ってきた絵本を広げた。横からカオリがのぞき込むと、彼女が見えやすいように広げて、ゆっくりと頁《ページ》をめくった。ようやく奥底から湧き出てくる温かな感情を馴染ませる術も身につけ、娘を見ても泣かなくなっていた。

カオリの顔をしっかりと見られるようになって、額に傷痕があることに気がつく。前髪に隠れて目立ちはしないが、桃色の線が横向きにスッと引かれていた。

「どうしたの、これ?」と額に手を伸ばしたら逃げられた。

傷はふさがってからかなり経過しているようだった。もしかして、この子が死んでしまった時についた傷だろうか。だとするなら、私は償わなければならないと思った。これからは、この子のためだけに生きようと心に誓った。

ある日、スーパーに買い物へ行こうと用意をしていると、カオリが現れ、玄関までついてきた。

「一緒に来る?」と訊き、ドアを開けたまま待ってみたが、カオリはそこから動かなかった。そういえば彼女は裸足だった。

千草は食材の他に子供用のピンク色のスニーカーを買って帰り、自分の靴と並べる。

いつの間にかカオリがそばにいた。じっと靴を見ている。

「カオリの靴よ」と伝える。

理解したのかはわからないが、一度こちらを見て、すぐ靴に視線を戻した。心なしか目が輝いているように見えた。

千草が自分の靴を履いてみせると、カオリもスニーカーに足を差し入れた。もちろん、幽霊である娘が靴を履けるわけがなく、靴が玄関から動くこともなかった。ただ、彼女は外の世界に足を踏みだした。

暖色の街灯が照らす道を二人で歩いた。怯《おび》えているのかカオリは千草の脚にしがみついていた。キョロキョロと目だけがせわしなく動いている。しばらくすると、視線に体が引っ張られるように辺りを探索し始めた。それでも千草の手が届く範囲からは出ていかなかった。ブロック塀の隙間から生えた雑草や、街路樹にできた瘤《こぶ》を見る。千草も足を止めて付き合い、「なんだろうねえ」と声をかけた。その脇をスーツ姿の男性が不思議そうな顔で通り過ぎていった。

それからは、仕事以外の外出はいつもカオリと一緒だった。

商店街や、河川敷や、公園を歩き、休みの日には動物園や水族館にも行った。基本的に表情が変わらないので反応は読みづらかったが、それでも、視線の泳がし方や、立ち止まる頻度で、なんとなくわかるようになった。

二人で買い物に出かけるのがすっかり日課になり、いつものようにカートを押しながら食品売場を歩く。カオリは気になった食品や食材を眺めていた。最近は缶詰の棚がお気に入りのようだ。途中、何か買い忘れている気がして携帯のメモを確認した。

豆乳だった。視線を戻すと、先ほどまで鯖《さば》缶を見ていたカオリの姿がなかった。

「カオリ？」と辺りを見回す。

通路にはいなかった。隣の棚を順番に確認していくが、どこにもいない。娘を呼ぶ声がどんどんと大きくなっていった。もしかしたら先に帰ったのかもしれないと、アパートまで走った。

慌てる手で鍵を開ける。靴を脱ぐのがもどかしかった。電気もつけずに、カオリの姿を探した。どこにもいなかった。押入れの中も荷物をすべてだして、隅々まで確認したが、荒くなった千草の息が響くだけだった。

それが三日前のことだった。

「それで、娘さんが誘拐されたと?」

恵介は確認するように訊いた。

「あの子が私から離れたことなんてなかったんです」と千草が前のめりになる。

「そんな時、ここを見つけて、心霊現象の相談にのってもらえるとあったので」

恵介は眼鏡を押し上げて、小さく唸った。

たしかに、僕たちは心霊現象に悩んでいる人を求めていた。

それが僕たちの目的に必要だったからだ。

でも、今回は言ってみれば心霊現象がなくなったことに悩んでいる人だった。

2

「さて、どうしたものか」と恵介がため息をつく。

依頼は干渉型思念体と思われる少女の捜索だった。

千草は誘拐だと言っていたが、幽霊が誘拐されるわけがない。十中八九、母親との生活によって少女の心的外傷が癒され、干渉型からただの残留思念体へと戻ったのではないか。すると、少女は千草に干渉することができなくなり、千草は少女を認識することができなくなる。

だとするなら、これは願ってもない展開と言える。少女は僕たちにとっての「ワクチン」となっている可能性があった。つまり、恵介がするべき仕事を千草が代わりにやってくれたのだ。問題は、千草が娘をまた見えるようにしてほしいと望んでいることだった。

恵介は引き受けるとは明言せずに、少女の幽霊がいなくなったスーパーの場所を聞きだした。

「ワクチンをこっそり回収して、娘さんは成仏されましたと言ってお茶を濁したいところだけど」と恵介の口から欠伸が漏れる。「どう？　いる？」

僕たちは、千草が少女の幽霊を見失ったスーパーに来ていた。

霊感のない恵介の代わりに缶詰売場を見回したが、それらしい子は見あたらなかった。

「やっぱり家に行かないと駄目か」と言って恵介は携帯を取りだす。

昨日、元春日クリニックに来た千草に少女の霊は取り憑いていなかったので、他にいるとすれば家だろう。

恵介が千草の連絡先を探していると、店内アナウンスが流れ始めた。

「ご来店中のお客様に迷子のお知らせをいたします。四歳ぐらいの、ピンク色でチェック柄のパジャマをお召しになった、額に傷のあるカオリちゃんが迷子でございます。お心当たりのあるお客様はお近くの店員にお声がけいただくか、サービスカウンターまでお越しください」

「うん？」と恵介が顔を上げる。

「繰り返しご来店中のお客様に迷子のお知らせをいたします。四歳ぐらいの、ピンク色でチェック柄のパジャマをお召しになった、額に傷のあるカオリちゃんが迷子でございます。お心当たりのあるお客様は――」

恵介は携帯を下ろし、サービスカウンターに向かって歩きだした。サービスカウンターには困った表情の店員が立っており、向かい側のベンチに座ってうなだれる千草の姿があった。

「千草さん」と恵介が声をかける。

顔を上げた彼女の目はひどく充血しており、すがるような表情をしていた。「先生」と掠《かす》れた声がこぼれる。手には娘の特徴が書かれたメモがあった。

「ご家族の方ですか?」とサービスカウンターにいた店員が助かったといった顔で言う。「警察にご相談された方がいいと何度もお伝えしたのですが」

恵介は頷き返したあと、千草の横に腰を下ろした。

話を聞くと、娘がいなくなった日から毎日、店内放送をしてもらっているとのことだった。

「そうですか」と恵介。少しだけ逡巡して言う。「よろしければ、これからご自宅の方におうかがいしてもいいですか?」

「でも、娘が」と千草があたりを見る。

「先ほど確認しましたが、スーパーに娘さんの姿はありませんでした」

「それじゃあ、やっぱり誘拐」

「いえ」と恵介はゆっくりと伝える。「冷静になって考えてください。幽霊をどうやって誘拐するんですか」

「それは、先生のような方が」

「霊能者が金儲《もう》けを考えたとして、幽霊に取り憑かれている人間を見つけたとしたら、除霊を申し出るのが一般的だと思われます。誘拐はしません」

「だったら、カオリはどこに」

「娘さんは家にいて、千草さんが見えなくなっただけかもしれません。それをこれから私が確認します。もし、家に娘さんの姿がなかった場合は、成仏されたのではないかと」

そう言って恵介は悲しみを共有するかのように眉を寄せて小さく頷いた。

「きっと千草さんと過ごした日々が、娘さんの未練を解消させたんですよ」

千草は「そんな」と言い、涙をこぼした。

恵介は落としどころを決め、そこに向かって千草を誘導し始めていた。家に少女の幽霊がいようがいまいが、このまま母親の愛情が娘を成仏させたという物語で丸め込む算段なのだろう。

千草が住むアパートは、スーパーから徒歩十五分ほどのところにあった。その間、恵介は千草が話す娘との思い出話を真剣に聞いていた。

「ここです」と千草が二階建ての建物を指さす。

二階に上がる。一番奥が千草の部屋だった。

扉の隙間に白い封筒が差し込んであった。抜き取った封筒には宛名も差出人も書かれていなかった。首を傾げながら千草は扉を開ける。

「どうぞ」と招き入れられ、恵介は早速部屋の中を見て回る。

手をかざしたり、こめかみに指を当てたり、唸ったりとそれらしい素振りをしている。その横で僕は少女の姿を探す。トイレ、風呂場、洗面所、ベランダ、キッチン、リビング、押入れと確認した。少女の姿はどこにもなかった。そう伝えると、恵介は露骨に表情を曇らせ小さく舌打ちをした。気持ちを切り替えるように眼鏡を押し上げ、千草に語りかける。

「残念ですが、やはり娘さんの姿はありません。でも、それは喜ばしいことなんです。なぜなら、娘さんは無事に成仏されたという」

そこまで言ったところで、千草の様子がおかしいことに気がつく。

千草は扉の隙間に刺さっていた封筒の中身をテーブルに広げていた。
「どうかされましたか？」と恵介が訊く。
千草が顔を上げる。表情が抜け落ちていた。
恵介は近づき、その紙面に視線を落とした。
なんてことのないコピー用紙に、飾り気のないフォントで、

こどもの幽霊はあずかっている

と書かれていた。
「これは」と恵介が訊いた瞬間に、千草が糸の切れた操り人形のようにくずおれた。
間一髪のところで恵介が背中に手を回し支える。
「大丈夫？」と僕。
「ああ」と恵介。両腕で千草の体を支え直す。「貧血を起こしたみたいだ」
気を失った千草の顔は唇まで白くなっていた。
丁度、押入れは開いたままで、布団が見えていた。恵介は僕に視線を向けるが、
どうしようもない。一応、干渉型思念体は人だけではなく物にも干渉することがで

きる。いわゆるポルターガイスト現象というやつだ。しかし、それを引き起こすにも、やはり時間が必要だった。部屋に何ヶ月もいて、ようやく床を軋ませたり、電気をつけるぐらいがやっとなのだ。布団の出し入れなどできるはずもなかった。

僕は両手を上げる。

「だよな」

恵介は一度千草をカーペットに横たえ、押入れから枕とタオルケットだけ取りだし、枕を頭の下に敷き、タオルケットをかけた。寝息が聞こえる。この数日間、ろくに眠っていなかったのだろう。

テーブルに広げられたものを調べる。封筒はどこにでも売っていそうな無地のものだった。底に膨らみがある。恵介が逆さまにすると、中から小さな鍵が滑り出てきた。どうやらロッカーの鍵のようだ。コピー用紙はもう一枚あり、二枚目は指示書だった。明日の十五時までに百万円を用意し、指定された駅のロッカーに入れ、鍵は指定された公園のベンチの裏側に貼りつけておくよう書いてあった。最後に「へたなことはするな。みはっている」と釘《くぎ》が刺されている。

「まいったな」と恵介が苦笑する。「本当に誘拐事件だ」

「偽物である可能性は」と僕。

「たとえば、スーパーで流れた迷子のアナウンスを聞いていた誰かが、悪知恵を働かせて脅迫状を送りつけてきた、とか」

「というと?」

「あのアナウンスを聞いただけで、ははーん、迷子になっている子は幽霊だなってなるか?」と恵介は一枚目を指さす。「これを作成した人間は子供が幽霊であることを知っている」

「つまり、霊能者?」

「可能性は高い」と恵介は脅迫状を指で叩《たた》く。「たとえば、霊視能力のある人間が、スーパーで少女が成仏するところを目撃したとする。さらに千草さんの取り乱す姿を見て、このシナリオを思いついたとしたら、一応、筋は通る。実際に誰かを誘拐しているわけでもないし、もし、この脅迫状を警察に持ち込まれたとしても、相手にされないとわかっているんだろう」

「本当に幽霊が誘拐されている可能性は?」

「わからない。けれど、干渉型思念体であるカオリちゃんを千草さんからはぎ取って移動させるには、千草さんよりも長い時間をカオリちゃんと過ごす必要があるわけで、現実的ではないと思う」

残留思念体であろうとも干渉型思念体であろうとも、死者はまず関わりの深い場所や人や物に憑く。干渉型思念体はそこを拠点にしてさらに場所や人や物へと干渉していくが、それには時間が必要だった。

「万が一、本当に誘拐していたとしても、幽霊だと髪の毛や衣服の一部を送るわけにもいかないし、写真を撮ったり、電話で声を聞かせるなんてこともできないから、確認のしようがない」と恵介は首をすくめる。

「じゃあ、すでにカオリちゃんは成仏しているとして、それだと身代金を払っても女の子は返ってこないことになるけど」

「そうなるな」恵介が千草に視線を向ける。「あるいは、千草さんの狂言という可能性もある。娘の幽霊が出たということから嘘、あるいは妄想なのかもしれない。娘さんの死を受け入れられずに妄想の娘さんを生みだした。何かのきっかけでその妄想が壊れてしまい、誘拐されたという新しい物語を作り、それを補強するために脅迫状を作成した」

「それだと、何も幽霊にする必要がないと思うけど」

「そこが巧妙なところで、娘が生き返ったという妄想にしてしまうと、他人の視線との間にどうしても誤差が生じてしまう。娘の幽霊という妄想ならば、それらの誤差を内包することができる。幽霊なのだから他人には見えなくて当然となるわけだ」

「心霊科医じゃなくて心療内科医が必要な気がしてきた」

「誘拐からして心霊科医の出る幕じゃないよ」恵介がこちらに視線を向ける。「ワクチンを摂取できる可能性は少なそうだけど、どうする？」

「僕に意志はないよ」

恵介は鼻を鳴らす。「そんなんじゃ、いつまで経っても人間に戻れないぞ」

「ワクチンがないなら手を引くべきじゃない？」

「でも、乗りかかった船だし、興味はある」

僕は鼻を鳴らす。「そんなことをしてたら、あっというまに三十になって死ぬよ」

二人で話していると、千草が目を開けた。

「大丈夫ですか？」と恵介。

「ええ、すいません」千草は体を起こし、脅迫状に視線を落とした。「夢じゃなかったんですね」

「残念ながら」

千草は改めて脅迫状に目を通す。

「どうされますか、警察に行かれますか?」と恵介が訊く。

千草は悲しそうに微笑む。「警察は娘が幽霊でも動いてくれるでしょうか?」

「わかりません。ただ、犯人が脅迫し金銭を要求していることは事実なので、相談にはのってくれるかと」

「百万なら用意できます」

「正直言って、身代金を払ったとしても娘さんが返ってくる可能性は低いと思います。そもそも、犯人の元に本当に娘さんの幽霊がいるかどうかもわかりません」

「すべて私の妄想だと?」

そう言って千草が恵介を見る。

「そうですね。その可能性もあります」と恵介は事も無げに言う。

「誰と話されていたのですか?」と千草が訊いた。

どうやら話を聞かれていたようだ。

恵介は少しだけ考えて、「助手でしょうか」と答えた。

「その方は先生の妄想ではないのですか」

恵介は微笑む。「だといいのですが」

娘の幽霊の身代金が百万というのが妥当なのかはわからないが、千草は払うと決めた。恵介も強くは止めず、「私がロッカーを見張りましょう」と提案した。

「へたなことはするな、と書いてありますが」

「無理はしません。素人ですから」恵介は首をすくめる。「もし、犯人に返すつもりがなかった場合に備える必要はあるでしょう。それに、幸運というべきか、娘さんには危害を加えられる心配がありません」

すでに死んでいるので、とは口にしなかった。

明日は別々に行動し、落ちついたら連絡を取り合うと決める。

「馬鹿な女だとお思いでしょう」と玄関まで見送る千草が言った。

「いえ、そんなことは」

「少しでも可能性があるなら賭けたいんです」

「わかっています」と恵介は頷き、部屋を後にした。

3

アパートから出て駅に向かって歩きだす。

「念のために、不審な人間や車がないか目を光らせてくれ」と恵介が前を見ながら言う。「背を向けたと思って不用意に動くかもしれない」

「でも、もし、見張っている相手が霊能者だったら僕のことも見えているのでは」

「浮遊霊のふりをしろよ」

「そんな無茶な」

結局、怪しい人間は見つけられなかった。

翌日は午前中にクリニックを出て、指定された駅へ向かった。恵介はシャツとジーンズというラフな格好で、単行本だけを持っていた。駅にはショッピングモールが併設されており、ロッカーの向かい側にカフェがあった。タマゴサンドとアイスティーを手にし、ロッカーが見えるカウンター席に腰を下ろす。

「じゃあ、あとはよろしく」と言って恵介は単行本を開いた。

たぶんそうなるだろうなと思っていたので、とくに何も言わなかった。

十五時に千草がロッカーに身代金を入れ、その鍵を公園のベンチの裏に貼りつける手はずになっていた。犯人が鍵を回収し、身代金を取りに来るのは、早くても十六時ぐらいだろうか。

「犯人も千草さんが身代金を入れるところを見張っている可能性があることも念頭

にお願いしますよ」と恵介が頁をくりながら言う。

「はいはい」

駅を利用する客と買い物客で人通りは多かった。待ち合わせの場所になっているのか、携帯を見てたたずんでいる者も少なくない。ロッカーは半分ほどが使用済みだった。

恵介の携帯に、「今から入金に行きます」と千草からメールが来た。

カウンターには本を読んでいる老人と、ヘッドホンをした女の子がノートを広げて座っていた。

改札口から出てくる千草を見つける。迷いを振り切るように、まっすぐロッカーに向かって歩いていく。きつく縛った髪が揺れていた。

「来たよ」

恵介は単行本から視線を上げ、アイスティーに口をつけ、また紙面に視線を落とした。

千草はロッカーを開け、肩にかけていたバッグから封筒を取りだすと、素早く入れて閉めた。そして、間をあけることなく、来た道を戻っていく。彼女に視線を向けた者も何人かいたが、たまたま目に入ったといった感じだった。

といったことを恵介に報告する。

「案外向いているのかもな、こういうの」と恵介が眼鏡を押し上げる。「副業で探偵をするのもアリだな」

しばらくして、「鍵を公園のベンチに隠しました」とメールがきた。犯人の移動手段にもよるが、車や電車の場合は三十分ほどでやってくるはずだった。

さすがに恵介も本の内容が頭に入らないのか、視線を上げる回数が増える。ロッカーに誰かが近づく度に、それが老婆や子供であろうと緊張した。

一時間ほど空振りが続き、ようやくロッカーを開けようとする者が現れる。

「来たよ」と伝える。

「ああ」と恵介。顔は本に向けながら視線だけを上げている。「わかりやすいな」

犯人は二人組だった。二人とも、上下ジャージ姿で、サングラスとマスクをし、キャップを目深に被《かぶ》っていた。体格から男女のペアだと思われた。どちらも中肉中背で、これといった特徴はなかった。

「でも、あの格好じゃあ、逆に目立つだろう」と恵介が笑う。

たしかにわかりやすく、目立っていた。

彼らはパジャマ姿の女の子を連れていた。

そのことを伝えると、「は？」と恵介が目を丸くする。恵介に見えていないってことは、女の子が思念体であることは間違いない。また、ピンク色でチェック柄のパジャマや背丈などから考えて、カオリである可能性が高かった。近づいてみれば額に傷が確認できるだろう。

「まさか、本当に霊能者が誘拐したってことか」と恵介は考え込むようにつぶやく。

「そんなことが可能なのか？」

ロッカーから封筒を取りだした犯人たちは中身を確認して顔を見合わせる。サングラスとマスク越しにもかかわらず笑っているとわかった。男の方がジャージのファスナーを開け、胸に封筒を入れる。振り返り歩きだすと、膝がカオリの頭を直撃してすり抜けた。どうやら、彼らはカオリの姿が見えていないようだった。

そのことを恵介に伝えると、「え？」と眉を寄せる。

「追いかけなくていいの？」と訊く。

「ああ、うん、そうだな」と恵介はトレイを持ち、立ち上がる。歩きながら「幽霊が見えていないのに幽霊を誘拐した？　一体どうやって？」と一人でブツブツと話し続けている。「謎はふたつ。ひとつ目は、どうして霊感のない犯人が迷子の子供が幽霊だとわかったのか。あの日、スーパーにいた者なら、アナウンスで千草さんの娘がいなくなったという情報は手に入る。そこからその娘が幽霊であるという情報にどうやってつなげたのか。ふたつ目は、どうしてカオリちゃんが千草さんから犯人へと移ったのか。生前に関わりの深い場所や人や物以外に干渉するにはどうしたって時間が必要なはずなのに。どうやってそこをショートカットしたのか」

思索に埋没する恵介を誘導しつつ、犯人たちの後を追う。彼らはショッピングモールの中に入っていった。続いて中に入ると予想をこえて混み合っていた。どうやら、奥にあるイベント会場でアイドルがライブをしているようだった。僕だけなら人混みをすり抜けて進めるが、恵介がつっかえてしまう。そして、僕はその恵介から離れられなかった。

僕たちはあっさりと犯人の姿を見失った。

恵介は人の波に翻弄され、気がつくと出入り口に戻されていた。

「べつに、初めから尾行できるなんて思ってなかったさ。無理はしないって言っただろ?」

「すぐに犯人を捕まえていれば万事解決したんじゃないの?」

「それは無理に入る」

捕まえる気も追う気もなかったのなら、恵介は何をしに来たのだろう。

「おかげさまで、人混みにもまれている間に思いついた」と恵介が笑みを浮かべる。「カオリちゃんと関わりが深く、すでに死んでいることを知っている人間がひとりだけいる」

奥の方からアイドルが挨拶をする声が聞こえる。

「父親だ」恵介はよれたシャツを整えながら言った。「つまり、千草さんの元夫だ。それならこの状況に説明がつく」

スーパーで千草と元夫がすれ違っていたとしたら。

二人は気がつかなかったが、母親といた娘は通り過ぎる父親に気がついた。カオリは何を思ったのか、取り憑き先を父親へと移動した。関わりが深い父親ならば憑くのに時間は必要なかっただろう。

そして、娘がいないことに気がついた千草がアナウンスを流す。そのアナウンスの内容から娘を思いだした元夫は、気になりサービスカウンターへ足を向ける。すると、娘を捜している千草を見つける。

娘が生きているわけがないと知っている元夫は困惑したことだろう。しかし、遠目で様子をうかがっていると、「幽霊」という言葉が聞こえる。どうやら元妻は娘の幽霊がいなくなったと言っているとわかる。「なんてことだ、彼女は精神を病んでしまったのか」と思うにちがいない。

「しかし、同時にこの馬鹿みたいな計画を思いついたというわけだ」と恵介。

「それで元妻を強請《ゆす》ってるの？　そんなことになるかなあ？」

「人は複雑なんだよ」と恵介。駅の改札に向かう。「まあ、詳しくは本人に訊けばいいさ」

「もうひとりの女性は？」

「野暮なことを訊くなよ」

恵介は千草に電話をし、犯人が現れてから見失うまでを、恵介が実際に目にした範囲で説明した。つまり、カオリがいたことは伝えなかった。

「元旦那さんを霊視し、千草さんの霊視結果と合わせることによって、カオリさんの居場所がたどれるかもしれません」とよくわからない理屈を展開し、元夫の住所と連絡先を聞きだす。さらに千草は犯人からの連絡を待っていた方がいいと伝える。もし、本当に元夫が犯人で、彼にカオリが取り憑いているのなら、千草がくると面倒なことになる。カオリが成仏せずに残留しているとわかった今、千草より先に僕たちだけで確保し、治療してしまいたかった。

翌日、恵介は元夫に電話をかけ、千草を担当している心療内科医だと名乗る。治療について相談したいことがあるのですが、と探りを入れたところ、夜なら時間が作れると言う。

指定されたのは駅からほど近いファミレスだった。五分前に店につくと、元夫から着信があり、見ると男が電話を耳に当てて立っていた。

元夫は背が低く恰幅のよいスーツ姿の男性で、フォルムが昨日見た犯人とまったく違っていた。その上、彼のそばには少女の姿がなかった。そう伝えると、恵介の目がわかりやすく死んだ。

注文を済ませ、店員が離れると、「それで、千草は、その、病気なんでしょうか？」と元夫が訊いた。

「あー」と言いよどむ恵介。

元夫が犯人ではないのなら、とくに話すことはなかった。

なるべく嘘にならないように、千草は娘の幻覚と暮らしていたのだが、最近になって幻覚が消え、不安定になっているといった説明をする。

黙って聞いていた元夫は手を額に当て、目を赤くしていた。何度か口を開くがなかなか言葉が出てこない。

「たしかに」とようやく絞りだし、「千草は、子供が流れてしまってからずっと不安定でした。僕が支えてやれればよかったのですが、それも、うまくいかなくて」

「ちょっと待ってください」と恵介。

元夫が、何か？　と顔を上げる。

「流れたというのは、どういう意味でしょうか？」

恵介がそう訊くと、元夫は顔を赤く染め、「そのままの意味ですが」と少し語気を強めて言う。

しまったと思ったのか、慌てたように、「申し訳ありません」と恵介が謝罪する。

「ただ、その、流産されていたとは知らなかったもので」

元旦那は深く息を吐き、「子宮筋腫が原因とのことでした。救急車で運ばれて、病院についた時には、もう駄目だったんです」と言った。

「それは、おつらかったでしょうね」

「一番つらかったのは千草です」と元夫はハンカチで目頭を押さえる。「名前も決めていたんです。男の子ならカオル、女の子ならカオリと」

痛ましい話だと思う。二人の気持ちを想像するだけで胸が張り裂けそうになる。

ただ、正直、頭の中ではちがうことを考えていた。

千草の子供は産まれる前に亡くなっていた。にもかかわらず、現れた幽霊は女の子の姿をしているのだ。

「その、千草さんが見ている幻覚が四歳ぐらいの女の子なのですが」と恵介が訊く。

「そうですか、子供が亡くなったのが、丁度、四年前なので」

そう言うと元夫は悲しそうな顔のまま力なく笑った。

恵介は表情を曇らせる。

四年前に不幸にも産まれなかった子供が、四年後に四歳の子供の幽霊となって現れるなんて、あり得るのだろうか。

生きていた頃の名残である残留思念体が、成長することはないはずだった。

もし、少女が幽霊ではなく千草の妄想だったのなら、成長したところでなんの問題もない。しかし、僕は駅のロッカーで犯人に取り憑いた少女の姿を見ている。少女の幽霊は千草の妄想ではなく、本当に存在するのだ。

それから恵介は元夫と会話を続けていたが、ずっと心ここにあらずといった状態で、「またご相談させてください」と言って切りあげた。

ファミレスの前で元夫と別れる。

「女の子の幽霊は千草さんの娘じゃなかった」と恵介がつぶやく。

「みたいだね」

恵介は顔をしかめながら言う。「つまり、千草さんに取り憑いていたわけじゃなく、元々、部屋にいた幽霊が千草さんに取り憑いたんだ」

「じゃあ」

僕はカオリと思われていた幽霊の移動経路を頭に思い浮かべる。

まず、部屋に取り憑いていた彼女は、時間をかけて千草に取り憑いた。そうして外に出られるようになると、スーパーで接触した犯人のところへ移動した。その際、時間はかからなかったと思われる。なぜか。

「犯人は、千草さんより少女と関わりの深い人間だからだ」

死者は、まず関わりの深い場所や人や物に取り憑く。

恵介は深いため息をつき、

「彼らが本当の親なんだ」

と言った。

4

飯沼留子《いいぬまとめこ》が最初に認識した異変は音だった。

確変中の夫を残してパチンコ店から帰った彼女は、部屋で録画しておいたドラマを見ていた。テレビの音声に紛れて、押入れの中から衣擦れのような音がした。不思議に思い、テレビを消して耳を澄ませた。

しゅるしゅる、とまた聞こえた。

押入れの中には布団と衣服が詰め込まれていた。

押入れを開けたが、とくに変わったところはなかった。薄気味悪さは感じつつもドラマに戻り、景品を抱えた夫が帰ってくる頃には忘れていた。

その日から、次々と音が聞こえるようになった。衣擦れの音だけでなく、壁を擦る音や軋む音なども混ざりだしていた。そして、布団を取りだそうとした時に、三角座りをしている子供を目にした。

留子は悲鳴をあげ、テレビを見ていた夫に駆け寄った。

夫は取り合ってくれなかった。それどころか、しつこく言うと、怒鳴られてしまった。そんな夫も、数日後に子供を目にする。歯を磨いていると、足下にいたという。

子供を見る頻度は徐々に増えていき、精神的に追い詰められた二人は、ポストに投函されていたチラシを見つける。そこには「日本で唯一の心霊科医です。心霊に関するお悩みを解決いたします。初診無料」とあった。

「それで、お越しいただいたと」

　恵介が笑顔で言った。

　留子は曖昧に頷く。横にいる夫は不審そうな目で診察室を見回していた。二人とも三十代前半ぐらいだろうか。どちらも明るい色に染めた髪が伸び、地毛とのツートンになっていた。

「では、いくつか質問させていただきますね」と恵介は白衣の胸ポケットからペンを抜き取る。「その子供の幽霊に関して、何か心当たりはありますか?」

「ありません」

「本当ですか?」

「ないって言ってるだろ」と夫が割って入る。「言っておくけど、俺は信じてるわけじゃないからな。こいつが、どうしてもって言うからついて来ただけで」

　彼の強がりに恵介は優しく頷き、「ピンク色、チェック柄のパジャマ、四歳といったところでしょうか」と伝える。「女の子です。髪の毛は胸ぐらい、ボサボサです。そして、額に一文字の傷がありますね」

それを聞いた二人はわかりやすく青ざめた。

「どうして、傷のことを」と留子。

「もちろん、見えているからですよ、そこに」と言って恵介は二人の間を指さした。

しかし、少女は診察台に座って足をぶらぶらさせていたので、僕はそちらを指さして教えた。

恵介は指の向きを修正し、「娘さんですね」と言う。

留子は目を伏せ、「そうなのかもしれません」と答えた。夫は診察台の方をチラチラと見ながら、膝を小刻みに揺らし親指の爪をかじっていた。

この二人が少女の親で、誘拐犯だった。

少女が部屋に元々憑いていた思念体だと考えた恵介は、部屋の住人を遡って調べた。すると、過去、部屋で子供が事故死していることがわかった。子供の遺体には衰弱していた様子が見られ、虐待の疑いがあったが、結局、証拠不十分で起訴はされなかったようだ。彼らはそのあとすぐに引っ越していた。

ある日、彼らはスーパーで自分たちの死んだ娘とよく似た特徴を伝える迷子のアナウンスを聞く。次の日も、次の日も、アナウンスは流れていた。サービスカウンターには沈痛な面《おも》もちの女がいた。「カオリちゃん」と名前はちがうもののどうしても気になった彼らは彼女の後をつけることにした。すると、驚いたことに、女の家は自分たちがかつて住んでいた部屋だった。

そこで、「もしかして、迷子になっているのは自分たちの死んだ娘ではないか」という馬鹿みたいな考えが浮かんだ。

馬鹿みたいな考えは、「だったら、誘拐したことにして身代金を要求してみようか」というさらに馬鹿みたいな考えを生みだした。それは本当に馬鹿みたいな考えだったが、存外にうまくいってしまう。

というのが恵介の推理だった。感情の流れや細部は想像するしかないが、少女の両親が犯人である可能性が高いことは確かだった。ただ、その肝心要である彼らの居場所がどうしても見つけられなかった。元々定職にはついておらず、親しい人間もいない。遠方にいる親戚とは音信不通になっていた。恵介は悩んだ結果、少女がいなくなったスーパーを利用する範囲にある家々に、元春日クリニックのチラシをポスティングすることにした。

少女に取り憑かれた彼らも、遠からず心霊現象で困るようになるという計算だった。

来る日も来る日もチラシを配った。自転車のカゴに入れていたチラシが風に舞ったこともあった。マンションの管理人さんに叱られたこともあった。置いていた自転車を盗まれたこともあった。

それらの努力が、今日、ようやく報われたのだ。

「助けてくれるんですよね？」と留子が恐る恐る訊く。

「助言はできます」と恵介は眼鏡を押し上げる。「ただし、それを実行するのは留子さんとご主人です」

「どうすればいいんですか？」

「まず、娘さんは悪に汚染されています。それを取り除かなければなりません」と恵介は二人の目を見る。「娘さんを使って何かよからぬことをしませんでしたか？たとえば、金銭を騙《だま》し取るような」

恵介の言葉に留子は口に手を当て、夫は目を見開いた。

「やはり」と恵介。

「どうして」と留子が漏らす。

「娘さんを見ればわかります」と恵介はもっともらしく言う。「まず、その罪を償うことを強くお勧めします」

「償う、というと」と留子が震えた声で訊く。

「もし、本当に金銭を騙し取ったとするなら、返済することですね」

「ふざけんな！」

夫が立ち上がり声を荒げた。

その瞬間、診察室の照明が点滅し、風もないのにカーテンが揺れた。

留子が悲鳴を上げる。

ポルターガイスト現象だった。

つまり、僕が照明のスイッチをパチパチと押し、カーテンを揺らしたのだ。長くいるこの部屋でなら干渉してポルターガイスト現象を起こすことができた。そんな僕の姿を少女が不思議そうに見ている。

「ふざけているように見えますか？」と恵介は冷ややかな目で夫を見た。「実行されるかどうかはお任せします。ただし、決断はお早めに。お二人が娘さんにしたことをよくよく思いだすことです。それらは近いうちに返ってきます。必ず返ってきます」

二人は怯えた目で辺りを見回していた。

「今日はこれぐらいにしましょう」と恵介が微笑む。「償いが済んだら、またお越しください」

呆然としている二人を外まで見送る。

ゆらゆらと体を揺らしながら歩く二人の背中を見ながら、「これからどうするの?」と訊いた。

「あの子を治療するには、どうしたって両親の協力が必要になるだろうから。まあ、脅すだけ脅すさ」

そう言うと、恵介は悪そうな笑みを浮かべた。

帰る二人に視線を戻すと、間にいる少女が両親の顔を交互に見上げていた。

後日、千草から「百万円がポストに投函されていた」と連絡があった。

数ヶ月ぶりに会った千草は頬がこけ、唇や肌など全体的に乾燥しており、大事なものが抜け落ちたように見えた。

部屋に招かれ、テーブルを挟んで向かい合う。

恵介が事の経緯を説明する。

少女がカオリではなかったこと、少女はこの部屋で亡くなった子供であること、今は本当の両親に取り憑いていること、犯人は彼らだったこと、返金したということはどうやら改心したらしいことを伝えた。

少女が生前、虐待されていた可能性があるとは口にしなかったが、ニュアンスでわかったのか、「そんな親でも、やっぱり本当の親の方がいいのでしょうか」と千草が漏らした。

「どうでしょう。彼女はあくまでも思念体ですので、生前の想《おも》いをトレースしています。子供が両親を求めるのは自然なことかと」と恵介。少しだけ逡巡したあとに、「もし、彼女が生きていたならば、心を動かすことも可能だったと思いますが」と付け加えた。

しばし間があき、千草の目から涙がこぼれた。

「彼女は、なんのために、生まれてきたのでしょうか」

彼女というのは、少女のことか。

あるいは産んであげられなかった自分の子のことだろうか。

「それを我々が判断することはできません」と恵介は眉を寄せる。「もし、答えらしきものがあるとするなら、彼女のことを千草さんがどう捉えるのか、捉えていくのか、という方向ではないでしょうか」

千草は涙を拭う。「言うのは簡単ですね」

恵介は申し訳なさそうな表情で笑みを返した。

葉書が届き、千草が児童虐待を防止する民間団体を手伝っていると知ったのは、それから数ヶ月後のことだった。

父

呪いの解き方を確立した久那納寿子も三十歳を迎え、墓磨と名づけられた呪いは息子の弥彦《やひこ》へと託された。

弥彦にも母親には及ばないまでも霊感があり、物心がついた頃から除霊の英才教育を受けていた。

母は母屋ではなく、庭の奥に建てられた蔵で暮らしていた。なるべく接触を避け、家族が呪いに干渉されないようにするためだった。他の者が蔵に入ることは制限されており、配偶者でさえ面と向かって会うのは稀だった。そんな中、長子である弥彦だけが自由に母親と会うことができた。

母のそばにはいつも不思議な少年がいた。

着物を着た中性的な顔立ちをした子供で、表面はたゆたっており、たまに形を失っては戻るを繰り返していた。

「墓磨というの、仲良くしてあげてね」と母が言う。

同時に、その子供が一族に取り憑いている呪いだと説明されたが、困ったような顔をして怯えている少年と、呪いという禍々《まがまが》しい言葉をうまく結びつけることができなかった。

母は高名な除霊師として依頼を受け、治療した思念体を墓磨に与えていた。墓磨は思念体を食べる度に、人らしくなっていき、ついには言葉を得る。

「お母さん」と母に向かって言ったのだ。

それは、弥彦が母に対して使う呼称を真似しただけなのだが、弥彦は母を取られたような気がして、しばらくの間、拗《す》ねて口をきかなかった。

母が死んだのは、弥彦が十歳になったばかりの頃だった。

母は自分の死後、息子が迷わないように入念に準備をしていた。父親は呪いのことを理解しており、弥彦の除霊作業をサポートしてくれる手筈《てはず》になっていた。しかし、いくらレールが敷かれていても前を走り引っ張ってくれていた車両を失っては止まる他なかった。呪いを受け継いだ弥彦は、母と同じように蔵へ移り、閉じ込もってしまう。

弥彦の手を引っ張ったのは、墓磨だった。

母を殺した存在であり、母によって名前を与えられ、弥彦が生まれる前からずっと母と一緒にいた呪いの子供。

弥彦は呪いの手を握り返すと、悲しみを分かち合いながら、ゆっくりと歩き始めた。

そんな弥彦も三十歳を迎えて死んでしまう。

彼は二人の子供を残し、呪いは長男である恵介に引き継がれた。

結婚してから彼が変わったように思います

1

夫とは仕事先の飲み会で出会いました。

私はショッピングセンターに勤めており、サービスカウンターで商品券を売ったり、ポイントカードを発行したり、プレゼント包装をしたりしています。夫はショッピングセンターにテナントとして入っていた雑貨屋で働いていました。

うちの店では半年に一度、誰でも参加できる慰労会というものがありまして、近くの居酒屋を貸し切ることになっていました。ですから、集まりが悪く貸し切るための人数に足りない場合は、私たちサービスカウンターの人間が外様《とざま》のテナントさんたちに参加を呼びかけにいくという任務が発生します。ノルマが課せられるのです。その日の目標は三人でした。

一巡目は「検討しておきます」と苦笑いを浮かべて拒否されたので、二巡目は会費の三千円を私が肩代わりし無料ということにしました。どうにか婦人服の二人組をつかまえたものの、以降はかんばしくなく、これはいよいよ私から時給を払う必要があるのかなと思っていたら、「じゃあ行こうかな」と助けてくれたのが、のちの夫でした。

「この前、ブックカバーを買ってくれたし」

たしかに、私はこの店で革のブックカバーを買っていました。もっちりとした柔らかい羊の革が手になじみ、今でも愛用しています。ただ、購入したのは一年以上も前のことでした。

「本当にいいんですか？」

「そのかわり相手してくださいね」

といった流れがあり、私は彼を居酒屋まで案内し、そのまま同じテーブルにつきました。同じ建物で働いてはいるものの、このように面と向かって話すのは初めてのことでした。

彼は三つ年下で、関西の三流大学を中退したあと、知り合いのツテを頼って上京してきたのだと自嘲まじりに話してくれました。そう言われてみると、訛《なま》りの名残が感じられます。お返しとして、自分が既婚者であることを伝え、自嘲まじりに家庭内別居状態であることを添えたところ、彼は戸惑った表情をしていました。

それからお互いに仕事の愚痴を言いあっているうちに、なぜか、休みの日に雑貨屋を回ることになっていました。私がマグカップを探していると口を滑らせると、あれよあれよと指切りまでさせられたのです。彼の中では結婚と家庭内別居でプラスマイナスゼロという認識のようで、手を握られたのが三回目のデート、四回目のデートで彼の家へ行きました。どれも彼の方からアプローチがあり、私が受けるという形で進みました。既婚者としては、迫られてしかたなくといった言い訳が必要だったのだと思います。

付き合い始めて一年ほど経った頃です。私は家庭内別居中だった夫と別れる決心をしました。その作業が予想していたよりもすんなりと片づきホッとしていたら、彼の勤めていた雑貨屋がショッピングセンターから撤退することになり、彼は人員削減であっさりと失業してしまいました。

どうしたものかと困っている彼に「じゃあ、一緒に住む?」と提案しました。私からアプローチをしたのはこの一度だけです。

うちは二階建ての一軒家で、一階が店舗になっています。父が洋食屋をやっていたのですが、私が就職してすぐに脳溢血で倒れ、意識が戻ることなく他界し、それからは閉めたままになっていました。母に関する記憶はあまりなく、私が幼い頃に男をつくって出ていったということでした。

元夫がいなくなったので、部屋は空いていました。

「それじゃあ、お言葉に甘えて」

「どうぞどうぞ」

そんなふうにゆるりと私たちは一緒に暮らしはじめました。

ひと月ほど暮らしてみて、私の給料だけでも贅沢《ぜいたく》さえしなければやっていけるとわかり、夫には「ゆっくりと合う仕事を探せばいいよ」と伝えました。その結果、彼は主夫と呼べなくもないニートになりました。幸い、ひとり暮らしをしていたのもあって、家事はひと通りできるようでした。ただ、どれもが大ざっぱで、食事は作ってくれるものの大皿一品のみで、フローリングに落ちた埃や毛をティッシュで集めるという掃除方法や、洗濯した靴下や下着は畳まずにカゴから直接取って使っていくといった斬新なライフスタイルを提示してくれます。

前の夫は料理を趣味としており、休みの日は二階のキッチンではなく、一階の店舗の方で一日かけて煮込み料理などを作っていました。それに比べると彼の料理は市販の味つけに頼っていましたし、レパートリーもそれほどなく、物足りなさを覚えたのは事実です。ただ、そういう私も買ってきたお総菜を皿に並べて電子レンジで温めることぐらいしかできない人間なので、文句は言えません。それに慣れれば、彼がよく作ってくれるタマネギやナス、ピーマン、ニンジン、しめじと異様に具の多い麻婆豆腐もおいしいと思えるようになりました。

とくに大きな問題もなく一年が経ち、私たちは籍を入れました。再婚ということもあって式は挙げませんでした。

それからでしょうか、夫が少しずつ変わってきたのは。

口数がだんだんと減っていき、宙を見つめてボーッとしていることが多くなりました。声をかけても返事をするまでに妙な間が空いたり、逆に悲鳴をあげて大げさに反応したりと、いつも何かに怯えているようでした。

同僚にそれとなく相談したところ、ため息まじりに「結婚ってそういうものよ」と訳知ったような顔で助言されました。私が再婚であることを彼女は知りません。言われなくとも、経験から結婚が変容をもたらすものだということは、知っているつもりです。しかし、夫の変わり方はそういうものでは到底説明できないほどに進行していたのです。

仕事から帰ると、腐った果物を生乾きの雑巾で包んで絞ったような臭いがしました。

部屋は薄暗く、電気はついていません。ヒールを脱ぎ、廊下を進みます。奥に行くほど臭いは濃くなっていきます。

窓から夕日が入り込んでいました。

その茜色の中で人の形をした影がテーブルに座っています。その周りをすごいスピードで小さな衛星が回っていました。

それらはまるまると肥えた蠅《はえ》でした。

影がこちらへと顔を向けます。その動きでぶわっと新しい衛星が生まれました。

「ただいま」

そう言ってリビングの電気をつけると、粘土のような質感の夫が私を見ていました。

「おか、おか、おかへり」という言葉と共に、夫の口から茶色い涎《よだれ》がとろりと垂れて落ちました。

後日、何を勘違いしたのか同僚がバーベキューに誘ってきました。「とりもってあげるから」と笑顔で肩を叩かれ、私は意味がわからず、「うん？」と訊き返しました。すると、それを了承の返事と受け取られ、参加することになってしまいました。

家に帰り、夕食を食べながらバーベキューに誘われたことを夫に伝えると、「あーうう、ふしゅうう」とガスで返事をします。

いつからか夫は言葉を失っていました。

夕食のメニューはキーマカレーとアボカドの入ったポテトサラダ、夏野菜のラタトゥユでした。すべて手作りです。どういう理屈なのかわかりませんが、夫は言葉を失った代わりに、料理の腕を手に入れていました。

「これ、おいしい」と私は挽《ひ》き肉のたっぷり入ったカレーを口に入れます。初めて目にしたメニューのはずなのに、不思議と懐かしい味がしました。

どうやって作るのか教えてもらおうと思いましたが、「ふしゅしゅしゅう」と漏れるガスを翻訳できず諦めました。

気を抜くとカレーに蝿がとまるので、スプーンで払ってから食べる、払って食べるを繰り返す私を尻目に、夫は気にせず蝿ごと口に押し込んでいます。常識的に考えて、このような夫を同僚に会わせるわけにはいきません。

バーベキューの前日になり、「どうも夫の体調がすぐれないので」と断ったところ、私だけ参加することになり、「たまには息抜きしなくちゃ」と笑顔で肩を叩かれました。

同僚と同僚の夫、小学生の息子、その子の同級生の家族、そして私というメンバーで川の上流へ行き、朝から夕方までバーベキューをしました。

道具一式は同僚が、食材は同僚の息子の同級生一家が用意しており、私は手ぶらでした。子供たちは終始「この人は誰？」という顔をしていました。きっと私の居場所はないだろうなと思っていたのですが、予想に反し、私は同僚と同僚の息子の同級生のお母さんに挟まれて、そこから一歩も動けませんでした。二人は缶ビールを片手に「夫婦のあり方」や「夫への対処法」などを話してくれました。帰りも運転をしなければならない旦那たちはコーラを片手に、肩をくっつけながら焼きそばを作っています。川の方から子供たちの奇声が聞こえました。

「夫婦ってものはね」と同僚が言い、「そうなの夫婦ってものはね」と同僚の息子の同級生のお母さんが続けます。肴《さかな》は私のようでした。何も持って来なかった私は「へえ」「はあ」「なるほど」と聞き手に徹しました。

もし、ここに夫がいたら、旦那さんチームに加わっていたのでしょうか。鉄板に向かう二人の背中が夫とそれほど変わらないように見えたので、もしかしたら、連れてきていても案外うまくいったのかもしれません。

数日後、同僚から「今度、家に行ってもいい？」と訊かれました。

突然のことに、また「うん？」と声をあげそうになりましたが、寸前のところで前回の失敗を思いだし、「なんで？」と訊き返しました。

やんわりとした口調に包まれてはいるものの、「バーベキューでもてなしたのだから次はあなたがもてなす番ではないか」といった論旨のようでした。それはどうにか理解したのですが、どうしてそうなるのかがわからず、私はやっぱり「うん？」と言ってしまい、同僚夫婦が家にくることになりました。

「子供はなし、大人だけでじっくりやりましょうよ」

そう言って同僚は笑顔で私の肩を叩きました。

家に帰り、ことの次第を伝えると、夫は「ふしゅふしゅるる」と言ってくれました。

「たしかに」と私は頷きます。

バーベキューでは夫が混じっても案外いけるのではないかという感触を得ていたので、悩みました。

夫という存在は少なからず似たような性質を持っており、うちの夫は度が過ぎているだけであって、それほど気に病むことではなく、むしろ夫の中の夫と称《たた》えられてしかるべきなのではないか、そんなことを蠅を払いながら考えました。夕食は真っ赤なチゲ鍋とプルコギでした。

結局、ものは試しと、夫がインフルエンザにかかったと嘘をつくのはやめて、同僚を家に招待してみることにしました。

当日の朝、さすがに蠅はまずいかと思い、水を入れると煙があがるタイプの殺虫剤を使いました。もちろん夫は部屋に置いたままです。落ちた蠅は煎《い》った豆のようで、挽いて湯を注げば意外とおいしい何かが生まれる気がし、同僚にだすところを想像し、少し愉快な気持ちになりました。部屋にこびりついた臭いはお香を焚《た》いて誤魔化し、誤魔化しきれない部分はそういうお香なのだと誤魔化すことにしました。

約束の時間から十分ほど遅れてインターフォンが鳴り、「おじゃましまーす」と同僚がやってきました。

「これ、つまらないものですが」と同僚の夫がワインの瓶をかかげて見せました。

玄関で靴を脱ぐと、二人の顔が同時に曇りました。

「不思議な香りね。何かしら?」と同僚が言い、同僚の夫が「お香か何かですか?」と私に訊きました。

「お香か何かです」と答えて、二階のリビングへ先導します。

夫はキッチンに立っていました。

「はじめまして」と同僚が挨拶し、夫がペコリと頭を下げます。はずみで、どこに紛れていたのか蠅の死骸がポトポトと落ちましたが、誰もそのことには触れず、テーブルにつきました。

夫が黒い液体の入ったカップを持ってきます。

「どうぞ」と私がすすめると、二人はとくに疑う素振りもなく口をつけました。

「不思議な香りね。何かしら?」と同僚が言い、同僚の夫が「コーヒーか何かですか?」と私に訊きました。

「コーヒーか何かです」と答え、私もためしに口をつけてみました。蠅コーヒーは鍋にこびりついた焦げを湯に溶いたような味がしました。

以降、カップはオブジェとなり、同僚の家の話を拝聴する時間が過ぎました。基本的に話すのは同僚だけで、同僚の夫は話が詰まったときに助け船をだす係、私は相槌をうつ係、うちの夫はオブジェでした。

しゃべりすぎて喉が渇いたのか、同僚がワインを開けようというので、夫がシチューとバケットを運んできます。

「あら、すごいじゃない、これ旦那さんが？」

同僚の質問に夫は頷き、シチューから肉の塊を引き上げ取り分けます。よく煮込んであるようで、脂身は溶けて、赤身もスプーンで簡単にほぐせました。

肉を口にした同僚は唸り声をあげ、「赤にして正解ね」と言って笑いました。それからシチューがなくなるまでワインのウンチクが続き、同僚とその夫の顔は徐々にワインと同じ色に染まっていきました。今日は車ではなく電車で来たそうです。締めは澄んだ色の塩ラーメンで、同僚がまた唸り声をあげました。

夫が食べ終えた食器を下げていると、同僚が「で、どうなの？」とえらくぼんやりとした質問を投げてきました。

「え、何が？」

「旦那さん無口ね」

「あ、うん、最近は」

「あんたねえ」と同僚は何か言いかけて、急に押し黙り、「でも、そういうものかも、夫婦って」とひとりで納得してしまいました。

そのプロセスこそ詳しく説明してほしかったのですが、「で、どうなの？」と会話がループして、訊きそびれました。

「だから、何が？」

「旦那さんワインはお嫌い？」と同僚がキッチンから帰ってきた夫に振ります。

「まったく減ってないようだけど。せっかくお持ちしたのに私たちばかりがバカバカ飲んでて馬鹿みたいじゃないかしら」

夫はグラスを渡され、困ったように首を傾げていました。

「無理しないでね」と私は目で伝えます。

伝わったのか伝わっていないのか夫は頷くと、グラスをあおり、ワインを一気に流し込みました。ワインは口から鼻腔《びくう》を回り、グラスをテーブルに置いたのと同時に鼻の穴から飛びだし、グラスへと戻りました。

「え、何、今の？」

「うん、何が？」私はなんとか誤魔化そうとしました。

「何がって」と同僚が笑います。「え、もう一回やって」

アンコールを受け、夫は再び鼻からワインをだしました。

実は少し前から、夫は水分をうまく摂取できなくなっていたのです。

「あはははは」と同僚はしばらく呼吸困難になり、「あんたもやりなさいよ」と言って自分の夫を困らせていました。

「もう一回見たい」と同僚に懇願され、「いやです」と言えない夫は、すでに二度鼻腔を通ったワインを口に流し込みました。

ワインは三度グラスへと飛びだし、今回はその勢いでずるりと鼻がもげました。

ぽちゃとグラスの中に鼻が落ち、赤い飛沫がテーブルに飛び散りました。

「え」

「あ」

「ん」

同僚と私と同僚の夫が同時に声をあげます。

笑う準備をしていた同僚はそのまま固まり、口に手を当てるとトイレへと駆け込んでいきました。

残された三人はワインに沈んだ鼻をじっと見ていました。私と、おそらく同僚の夫も鼻のもげた顔を見るよりはマシだろうという判断でした。

「病気か何かですか」と同僚の夫に訊かれ、病気だったらいいなと思いつつ、「ええ、まあ」と答えました。

夫は鼻入りグラスを台所へ持っていき、マスクで鼻のあった部分を隠して戻ってきました。

「ちょっと飲み過ぎたみたい」トイレから帰ってきた同僚はマスク姿の夫には触れず、自分の夫に向かって、「そろそろおいとましましょうか」と言いました。

二人を玄関まで見送ると、同僚は私の肩に触れ、「誰にも言わないからね」という言葉を残して去っていきました。

次の日から、同僚はわかりやすくよそよそしくなり、職場で私の夫が病気であるという噂《うわさ》が流れ始めました。いつの間にか性病のたぐいであるとされ、誰も私に寄りつかなくなりましたが、アレコレと詮索されないメリットの方を取り、とくに否定はしませんでした。

夫が病気なのか、私には判断できません。病院へ行くとして何科を受診すればいいのでしょう。そもそもこれは医者に診てもらえば、どうにかなるものなのでしょうか。

それに夫は子供ではありません。寝たきりで動けないというわけでもありません。

病院へ行こうと思えばいつでも行けるのです。行かないということは、問題ないと判断しているのでしょう。現に毎日洗濯をし、掃除をし、ゴミをだし、買い物に出かけ、手の込んだ料理を振るまってくれています。今日はモツ煮込みとレバニラでした。

欠けた鼻はマスクで、濁った瞳はサングラスをかけ、頭皮の剝《む》けた頭はニット帽で隠していますが、元気です。蠅の駆除もすっかり日課となっています。

「ごちそうさま」

私がそう言うと、「しゅるふしゅる」と夫がガスを吐いて食器を片づけ始めます。

私も手伝おうと立ち上がりました。

終わりは、突然でした。

皿を運んでいた夫の脚がずれてガクンと沈みました。

右膝が外れたのだと気がついた時には、夫は目の前でバラバラに散らばっていました。落下した衝撃で辛うじてつながっていたものが切れてしまったようでした。

サングラスとマスクを飛ばし、足下まで転がってきた頭には耳がなく、どうやってサングラスやマスクをかけていたのでしょう。瞼《まぶた》もありません。鼻から喉にかけての肉はごっそりとえぐれており、赤黒い洞窟となっていました。

私は救急車を呼びました。

電話で意識はあるのか呼吸はしているのかと訊かれたので、そういう状態ではないと答えました。近くにＡＥＤがありますかと訊かれたので、エレベーターホールにあるものを走って取りに行き、説明書き通りに取りつけようとしましたが、夫の上半身は軽く、内臓がありませんでした。

やってきた救急隊員は、夫を一瞥すると、触れもせず、警察を呼びました。警察は夫ではなく、私を連れていきました。

「夫はどうなるのでしょうか？」

「司法解剖にまわされます」

警察署の一室で、テーブルを挟んで向かい側にいる私と同い年ぐらいの女性が教えてくれました。

「遺体を発見された経緯をお訊きしてもよろしいでしょうか。もしまだお話できる状態でないのでしたら、時間を置きますが」

「夫は死んだのですか？」

そう私が訊くと、「え、どういうことですか？」と訊き返されました。

「そうですか」

そうですよね。内臓がないのに生きているわけがありませんものね。薄々わかっていました。そうではないかとは思っていたのです。

「えっと」と婦警さんが怪訝《けげん》な顔でこちらを見ています。

「夫は病気ではなく、死体だったのですね」

私はひとりで納得していました。

「ご病気、だったのですか？」

「わかりません」

夫の遺体を発見した経緯と言われても、どこからが遺体だったのでしょう。

とりあえず夫が崩れたときの状況を話しましたが、「それはどういうことでしょうか？」と更に説明を求められました。以降、婦警さんが質問する度に少しだけ遡って答えるを繰り返し、結局、夫との出会いから語ることになりました。

家に戻れたのは次の日の夕方頃で、また数日中に話を訊きにくるとのことでした。

夫の遺体は肉片ひとつとしてなく、床に茶色い染みだけが残っていました。私は久しぶりに一階の店舗へ下りました。

綺麗に片づいていました。銀色のシンクが電灯の青白い光を反射させています。どうやら夫はこちらのキッチンでも料理をしていたようです。

奥には業務用の巨大な冷蔵庫があります。

冷凍室の取ってをつかみ、引きます。

粘っこい音を立てて、扉が開きました。

中には、何も入っていませんでした。

あるはずの遺体が跡形もなく消えていました。

2

「という事件があったんですよ」

神宮寺はそう締めくくった。

テレビ番組の制作会社でプロデューサーをしている彼が、元春日クリニックに来たのが夕方の五時。持ってきた鯛焼《たいや》きをバクバクと食べながら話し始め、終えた時にはすっかり日が沈んでいた。

恵介はずっと迷惑そうな顔をしていたが、神宮寺は気にする様子もなく、一人で話し続け、十匹ほどいた鯛焼きもすでになく、九匹は彼の胃におさまっていた。

「どう思います？」と訊く。

まずよくしゃべるなと、次によく食べるなと思った。

話の内容は、ある女性が夫の死体と暮らしていたというものだった。

発見された遺体は、激しく腐敗しており、司法解剖の結果、死因は不明、少なくとも死んでから半年以上は経過しているとのことだった。しかし、夫はつい最近まで生きていたと妻は証言しており、それを裏づけるような目撃証言も出てきたため、警察もどう処理したものかと困っているそうだ。

恵介は眼鏡をはずして目を擦り、「で、今日はどういったご用件で」と本当なら数時間前に言っておくべきだった言葉を口にした。

「いやだな、僕と先生の仲じゃないですか。どうですか、気になりませんか？　僕は気になるなあ」

「どうして私に？」

「先生は患者を探している。我々はネタを探している。先生が治療して、我々がその過程を番組にする」と神宮寺は鯛焼きが入っていた紙袋を潰し、近くのゴミ箱に投げて、はずした。「いわゆるひとつの、ウィンウィンかと」

たしかに神宮寺が言うように、恵介は患者を求めていた。

しかし、どれだけ切実に求めていようと、願っているだけでは患者は来ない。門戸は開いているとはいえ、小さな病院の廃墟《はいきょ》に入ってくる人間などそういないのだ。実家経由の除霊仕事も受けつつ、夜な夜な心霊スポットを徘徊《はいかい》し、悪霊を探してもいるが、まだまだワクチンは必要だった。なので、人となりは別として、何かとツテの多い神宮寺からの紹介や情報は正直ありがたい。

恵介は眼鏡を押し上げる。しっかりとついた寝癖と潤んだ瞳。心霊スポット巡りのせいで、いつも寝不足だった。言い訳のように羽織っている白衣は薄汚れており、もう二十九歳になるのだが、医者というよりは研究中の学生に見える。

「何度もお伝えしているようにテレビには出ませんよ」

「ええ、もちろん先生はあくまでもアドバイザーとして」と神宮寺が笑う。

「そもそも、まだ心霊現象とわかったわけではないですし」

「またまたご冗談を。だって死亡推定時期から半年以上も経っていたんですよ？」

「死亡宣告を受けた人間が、その後蘇生する事例は世界中で確認されています。最も有名なのは、ハイチのゾンビ伝説ですね」と恵介が説明する。「ヴードゥー教では、神官やまじない師が調合する毒で、人をゾンビ化するとされています。その毒を調べたところ、テトロドトキシンというきわめて強力な神経毒が含まれているとわかりました。この神経毒は末梢《まっしょう》神経を麻痺させる効果があり、然《しか》るべき量を投与すれば、死体と誤認するまで新陳代謝を下げることが可能だとされています。そして、テトロドトキシンはフグが持っている毒として有名です。つまり日本にゾンビがいたとしてもおかしくない、と言えなくもありません」

「なるほどなるほど」と神宮寺は頷く。「いいですねゾンビにされた夫。それでも構いませんよ。むしろ、ぜひ、そちらの方向で」

鞄から茶封筒を取りだし、恵介に渡す。中に件《くだん》の女性に関する情報が入っているとのことだった。

「では、これから収録なんで。アプローチの方法はお任せしますね」と言って神宮寺は出ていった。

恵介はため息をつき、床に転がっている紙屑《かみくず》をゴミ箱へ入れる。

「本当にゾンビだと思ってる？」と僕は訊いた。

「まさか。ああ言えば、興味をなくすかなと思ったけど、逆効果だった」

現実のゾンビ伝説は、あくまでも毒の効果で一時的に仮死状態になるというもので、今回のように遺体が腐り崩れるまで動いていたというケースには当てはまらない。話を聞いた限り、むしろフィクションの中のゾンビに近く、文字通りの生ける屍《リビングデッド》だと思われた。違いは人を食べないところぐらいか。

「可能性として、干渉型思念体が取り憑いている状態で、宿主がなんらかの原因で命を落としたのではないかと考えられる」と恵介。口から欠伸が漏れる。「これを仮に心霊性ゾンビ現象と名づけようか」

人は死ぬと幽霊になる。それを残留思念体と呼ぶ。

強い心的外傷を受けた幽霊は悪霊となり、人に害を及ぼすようになる。それを干渉型思念体と呼ぶ。

干渉型思念体との接触時間が増えれば増えるほど干渉は濃密になる。視覚、聴覚、嗅覚、触覚が徐々に侵されていき、ひどくなると取り憑かれ、身体や意識を支配されてしまうこともある。

もし、その状態で宿主が死んでしまったら、どうなるのか。もしかしたら、悪霊が支配する死体となるのではないか。

「つまり、患者がいるってことだね」と恵介。

患者とは悪霊のことである。恵介が診るのはあくまでも悪霊であって、被害を受けている人ではない。干渉型思念体を治療して残留思念体に戻せば、結果的に被害者も助かるってだけだ。僕たちにとって重要なのは、治癒後の思念体そのものだった。

僕はそれを食べている。

僕という呪いを解くための「ワクチン」として。


神宮寺から得た情報によると、女性の名前は飯野雨弓《いいのうゆみ》といい、そろそろ葬儀も終えて落ちついているのではないかということだった。

恵介は早速電話をかける。心霊科医であると告げ、「生前、旦那さんから相談を受けていた」と嘘をついた。

もし、本当に心霊性ゾンビ現象だったとするなら、悪霊に体を乗っ取られる前から、細々とした心霊現象で悩んでいたはずなので、誰かに相談していてもおかしくはなかった。

さすがに不審がられているのか、しばらくやりとりが続いた。

「私なら旦那さんの身に何が起こったのか、ご説明できるかと思います」

そのひと言に食いついたのかはわからないが、どうにか会ってもらえることになった。

飯野家は、駅前の商店街を抜けた外れにあった。真っ赤な雨よけに掠れた文字で『洋食屋アマギ』と書いてある。アマギとは飯野雨弓の旧姓だろうか。すりガラスの中は暗い。空っぽのガラスケースはくすんでおり、元々は明るかったであろう水色の壁も黄ばんでいた。

住宅用の玄関は脇道を入ったところにあった。

雨弓は、ゆで卵のようなつるりとした顔の美人で、癖のない黒髪が肩の上で綺麗に揃《そろ》っていた。

二階に案内され、テーブルにつく。

恵介は自己紹介をしたあと、「落ちつかれましたか」と声をかけた。

「そうですね」と雨弓は力なく微笑む。

「こちら、よろしければ」と恵介が駅前の洋菓子店で買ったシュークリームを渡す。受け取った雨弓がお茶を煎《い》れに立ち上がった。

僕は幽霊が見えない恵介に代わって、部屋を見て回る。予想に反して、家の中に干渉型思念体は一体もいなかったが、残留思念体が一体だけいた。そう伝えると恵介は小さく頷いた。

雨弓がお盆を持って戻ってくる。お盆から皿に移したシュークリームとカップをテーブルに並べる。もちろん僕の分はない。

恵介は礼を言い、カップに口をつける。

「店舗をつぶして住居スペースを広げようとはなされなかったんですか？」と訊く。

「どうしてですか？」

「いえ、長らく放置されているようなので」

「前の夫が料理好きだったので、店舗の方のキッチンをよく使っていたんです」

「なるほど」と恵介がお茶の湯気で曇った眼鏡を拭う。「前のご主人が、今、どこで何をされているかご存じですか？」

雨弓が離婚していることは、神宮寺から手に入れた情報に書かれていた。そこにはさらに、前の夫の行方がわからなくなっているとあった。

「知りません」と雨弓が首を少し傾げる。「今日は亡くなった主人の話ではないのですか？」

「ええ実は」

そう切りだし、恵介は心霊性ゾンビ現象について丁寧に説明し始めた。

雨弓は眉を寄せ困ったような顔をしながら、黙って聞いていた。

「というわけで、旦那さんは悪霊に悩まされていた。そして、ついには命を落とし、乗っ取られてしまったのです」

恵介は話し終えると、紅茶で口を湿《しめ》らせた。

「あの」と雨弓が口を開く。「本気でおっしゃっているんですか？」

「もちろんです。どうですか？　悪霊に心当たりはありませんか？」

「ありません」

「では、もう一度訊きます。前のご主人がどこで何をされているかご存じですか？」

「だから、知りません」と雨弓はハッキリと答えた。「何か、確証があってお訊きになっているのですか？」

「ええ、まあ」と恵介は眼鏡を押し上げる。「見えるんですよ」

僕は雨弓の背後を指さして教える。

「そこに」と恵介が指をさす。

彼女の背後に一体の残留思念体が立っている。

白髪の混じった短い髪、同じく白いものの混じった髭《ひげ》が口元を覆っている。半袖のシャツに腰エプロンをつけていた。細身ながら引き締まった身体だとわかる。目元に黒子《ほくろ》がふたつ並んでいた。

僕は恵介へ、恵介は雨弓へ幽霊の特徴を伝える。

すると、彼女の表情が変わった。

「前のご主人ですね」と恵介は口調を強めて言う。

雨弓はしばし間をあけて、「父です」と答えた。

「……うん？」

「それは、たぶん父だと思います」

そう言うと目元に二本の指を当てた。

3

妻とは友人の紹介で知り合いました。

その頃の私はホテルのレストランで厨房《ちゅうぼう》を任されていたのですが、半年ほどで婚約、結婚したのを機に独立し、小さな洋食屋を開きました。

しばらくして娘の雨弓が産まれました。赤子は驚くほど温かく、自分が抱いているはずなのに、なぜか何かに抱かれているような気がしたものです。幸せでした。

なのに、娘が二歳になってすぐのことです、妻から「別れてほしい」と告げられたのは。

問いつめたところ、他に好きな男がいること、それが妻を私に紹介した友人であることがわかり、目の前が真っ赤になりました。

あまりの怒りで頭に血がのぼったのだと思いましたが、そうではなく、私は包丁で妻の喉を突き刺していました。

妻の告白を聞いた私は厨房に包丁を取りにいき、戻り、刺してしまったようです。何も覚えていません。赤くなった妻は惚《ほう》けた顔をして倒れていました。

私が抜け落ちた記憶を探していると、

「何してるの？」

振り返ると目を擦った娘が立っていました。

「お店の準備だよ」と私は近くにあったタオルで血を拭い、「さあ、寝なさい」と娘を寝室へとつれていきました。

妻は解体し、冷凍室に保存しました。

作業を終えたあと、友人に電話をかけ、「これ以上うちに近づくようなら殺す」と伝えました。やって来たら本当に殺すつもりでしたが、友人が姿を見せることはありませんでした。

幸いにも私には料理の腕があったので、妻は焼かれ蒸され煮込まれ振る舞われ、うちの看板メニューとなりました。客も娘も喜んでくれ、皆には、妻は男をつくって出ていったと説明しておきました。さらに幸いなことに娘はあの夜に見た光景を覚えておらず、私たちは互いに寄り添いながら、この喪失を乗り越えました。

月日は流れ、私は娘を残して死にました。

覚醒したのは、あの赤を再び目にしたからでした。

娘が男の喉に包丁を突き刺していました。

刃を抜くと、男は喉を押さえ、口を何度か開け閉めしたあと、顔から床に倒れます。娘は近くにあったタオルで血を拭うと、一日がかりで四肢を落とし、男の遺体を店の冷凍室に収納しました。

しばらくすると、家に新しい男がやってきました。ふたりは一緒に暮らし始めたのですが、男は無職のようで、家にいる時間が長く、気がつくと、私の姿を目でとらえるようになっていました。続いて声が届くようになり、ついには彼の体の中に入り込み、乗っ取ることに成功します。

はじめは一瞬でした。文字通り瞬《まばた》きをしただけで体から弾きだされました。その瞬きをするという行為がとても懐かしく、鮮烈に心に残りました。

それから回数を重ねるごとに乗っ取れる時間は延びていきました。男が家から逃げようとする度に体を乗っ取り、部屋へと戻したものです。男はよく泣きながら笑っていました。

彼が死んだのは事故でした。

また懲りもせずに逃亡をくわだてたので、体を乗っ取ったところ、思わぬ抵抗を受けたのです。

瞬間、ふたつの精神が同居し体がねじれてしまいました。

運の悪いことに私たちは階段の前におり、一階に落下した男は頭を強く打って、あっさりと死んでしまいました。衰弱していたというのもあるのかもしれません。結果的に彼の体の中に私だけが残りました。

立ち上がり体を調べると、首の調子がおかしかったので、頭の位置を調整します。キッチンに入り、冷凍室を開けると、バラバラになった男が詰まっていました。娘は前の夫を処分せずにずっと放置していました。どうするつもりなのかと、ずっと気になっていたのです。

幸いにも今の私には料理をする腕がありました。

「というわけです」

　と恵介が説明を終えた。

　僕が雨弓の父親の残留思念体を食べることによって得た情報を、伝言ゲームのように、僕から恵介へ、恵介から雨弓へと説明していった。

　恵介は、悪霊が前の夫だと断言した事実をなかったことにして、父親が悪霊だったのですと堂々と言い直していた。

　病に倒れ幽霊として漂っていた父親は、娘が夫を殺す姿を目にし、悪霊に変わってしまった。あるいは、夫を包丁で突き刺す娘の姿に過去の自分を重ね、すっかり治癒したと思っていた心の傷がパックリと開いたのかもしれない。

　干渉型思念体となった父親は、新しくやってきた男に干渉して、体を手に入れた。そして、腕を存分にふるい、前の夫の遺体を調理した。その行為が、娘を想ってのことなのか、過去の自分を模倣しただけなのかはよくわからない。どちらにしても、結果的にその行為が治療となったようで、僕が発見した時には、干渉型思念体から残留思念体へと戻っていた。遺体の処理を終えて安心したのだろう。つまり、医師の力を借りることなく、患者は自然治癒していたというわけだ。

「大丈夫ですか？」と恵介が雨弓に声をかける。

母親と元夫の遺体を食べていたと告げられて、大丈夫なわけがない。

「あなたは、そんな話をしに、わざわざいらっしゃったんですか？」

「申し訳ありません」

「もし、話が本当だと仮定して」と雨弓は首を傾げる。「私を警察につきだしますか？」

「まさか」と恵介は首をすくめる。

たとえ、雨弓が前の夫を殺していたとして、また、雨弓の父親が妻を殺していたとしても、根拠が幽霊を食べて記憶をのぞき見したからでは、どうにもならない。証拠もなかった。食べてしまったから。厳密に調査すれば冷凍室の中から何かしら検出されるのかもしれないが、僕たちには関係のない話だった。

欲しかったものは手に入れた。

父親というワクチンを接種し、僕にまとわりついていた黒い霧のようなノイズが少しだけおさまった。

「家の中を少しだけ拝見していいでしょうか？」と恵介は部屋を見回す。「他にも残留思念体がいるかもしれませんので」

この家では父親の他に、雨弓の母親、元夫、現夫、と少なくともあと三人は亡くなっているはずだった。

「構いませんが」

雨弓の了承を得て、二階の住居スペースと一階の店舗を見て回った。冷凍室も開けてみた。中には何も入っておらず、電源も落とされていた。

残念ながら、他に思念体は見つからなかった。

そのことを恵介が雨弓に報告する。「なのでご安心ください」と伝える。

「あの、あなたの話が本当だとして」と雨弓は前置きをし、「どうして父以外の幽霊はいないのでしょうか?」と訊いた。

「そうですね。残留思念体は所詮名残ですので、時間が経てば消えます。その時間の長短は、その残留思念体がその場所や人をどれだけ日常としていたかで変わるようです。お父さまに比べて他の方たちは、この場所にそれほど思い入れがなかったか、日常を築くに至っていなかったのではないかと」

恵介はそう説明した。

4

「それでは、また何かありましたらいつでもご相談ください」

と言って心霊科医を名乗る男は帰っていきました。

本当に幽霊が見えるのか、ただカマをかけただけなのかはわかりませんが、男は、私が前の夫を殺していることを知っていました。それどころか、父が母を殺していることまでも。

あの日、目にした赤い光景。

倒れた母を見下ろす父の背中。

振り返った父の顔には、血の手形がついていました。

それは、夢として片づけるには、あまりにも生々しすぎました。

父が母を料理していることにも気がついていました。目の前にだされたハンバーグを見てひどく戸惑ったのを覚えています。そこに母の姿はみじんも感じられず、匂いをかぐと口の中に涎がわき、お腹は切なげな音を立てました。不思議と父を恐ろしく思ったことはありません。それは、ひとえに作る料理がすべておいしかったからです。

おいしいということは幸せなことです。幸せを与えてくれる人には愛情を感じます。父の料理には私と母に対する愛情がありました。だから、自然と料理が得意な人と結婚したのだと思います。

しかし、結婚とは不思議なものです。愛情を感じていたはずの料理が、料理ができない私への当てつけと感じるようになるのですから。もしかしたら、母もそう感じていたのかもしれません。

気がつくと、私は母と同じ立場にいました。

父は別れを切りだした母を殺しました。

なので、私は別れを切りだす前に夫を殺しました。

父を見ていたので、遺体はどうにでもなると甘く考えていたのです。

どうにもなりませんでした。

四肢を落とし冷凍室に詰め込むだけで精一杯でした。まあ、新しい同居人は料理に興味がないので、見つからないだろうと思っていたのですが、まさかこのようなことになるとは。

心霊科医は、父の幽霊が夫の体を乗っ取り、料理をしてくれたのだと言っていました。

そうなのかもしれません。

ただ、こう考えた方がシンプルではないでしょうか。

夫はゾンビになったのだ、と。

だって、ゾンビって人を食べるものでしょう？

妹

「結婚するから」

そう妹に言われたのは、恵介が家を出る八ヶ月前のことだった。

相手はタカシといい、かつて除霊を請け負った依頼人だった。悪霊化した祖父を治療したのを覚えている。その時に妹と知り合い、兄の与《あずか》り知らぬところで愛を育んでいたようだ。

すでにお腹の中に子供がいるという。

被呪者である恵介は、基本的に蔵で暮らしており、家族と顔を合わせるのは、月に一度、夕食の時だけだった。言われて初めて妹の顔つきや体型が変わっていることに気がついた。

「正気か？」と恵介は思わず口にしてしまう。

三十歳までに必ず死ぬ、という久那納家の呪いは代々長子に受け継がれるのだが、もし被呪者が子供を作らず死んだ場合は、兄弟姉妹といった最も近い血縁の長子に受け継がれることになっている。

現時点で恵介に子はなく、作る予定も目処もなかった。つまり、このままいけば呪いは妹の子供に受け継がれることになる。そのことは妹も理解しているはずだった。

信じられなかった。膨らんでいく腹を慈しむように撫でる妹や、耳を当てる義弟の姿を想像するだけで恐ろしかった。

「でも、先のことはわからないでしょ？　もしかしたら呪いが解けるかもしれないし、たとえ、呪いが引き継がれたとしても、産まれてくるこの子が解くかもしれない。それに、呪いがあろうがなかろうが、誰しもがいつかは死ぬし、私だって、タカシくんだって三十歳を迎えることなく死ぬかもしれない。死んでしまうってことが、子供を作らない理由にはならないよ。そうじゃなきゃ、私たちだっていないわけだし」

妹は兄の顔をまっすぐ見ながらそのように説明した。

たしかに彼女の言う通りだった。

ただ、呪いを受け取るのは子供であり、渡すのは自分なのだ。

数ヶ月後、病院から帰ってきた妹が抱える子供を蔵の窓ごしに見た。

男の子はユウキと名づけられていた。

自分が死ぬかもしれないという漠然としていた恐怖が、妹の子供という現実的な形となって現れたような気がして、恵介は逃げるように家を出た。

犬も幽霊になるのでしょうか？

1

私は幽霊である。名前はグレオという。灰色だからグレオ。ご主人様が名づけてくれた。生前は、その名前を呼ばれるだけで毛が逆立ち脈拍が早くなったものである。はあはあ、と息を切らせ、ご主人様の足下をぐるぐると回る。かまってもらえることもあれば、無視されることもあった。どんな対応であろうとも私は彼女がそばにいるだけで幸せだった。

そんな彼女も、今はいない。

散歩中に、トラックにはねられたのだ。

気がついた時には、すぐ横にまばゆいライトがあった。とっさに彼女を突き飛ばし助けようとしたが、彼女は手綱を離そうとはしなかった。なまじ私に体重があったばかりに、私たちは仲良くひかれてしまったわけだ。

目を覚ますと、私は今のような状態になっていた。

彼女の姿はなく、私の首から伸びた手綱は地面に落ちていた。

それからは、ひとりで散歩を続けている。

彼女と歩いた道を、今は手綱を引きずって歩いている。

どうして散歩を続けているのか、自分でもわからない。彼女の姿を探しているのか、それとも彼女との思い出に浸っていたいのか。あるいは彼女を助けられなかったことを悔いているのかもしれない。そもそも、私には散歩をする以外の選択肢を与えられていないようにも感じる。

ただ、ぐるぐると決められたコースを歩き続けている。やはり幽霊だからか、疲れといった身体的な感覚はなかった。それに誰も私に気がつかない。飼い主のいない、いわば野良である私が目の前を通っても逃げないどころか視線すら向けない。幽霊になってみると、霊感のある人間なんて滅多にいないのだなとわかる。

初めて視線を感じたのは、たばこ屋の前にある電柱を嗅いでいる時だった。ランドセルを背負った少年が私をじっと見ていた。一応、背後を確認したが、たばこ屋があるだけで誰もいない。気のせいかと思い、しばらく歩き振り返ってみると、少年の視線はやはりしっかりと私を追っていた。

遠くからでも視線がわかるほどに大きな目と、眉毛の上で一直線に揃えられた前髪が印象的な少年だった。両手でランドセルのベルトをギュッと握っている。

散歩中に何度か見かけたことがある子供だと気がつく。私の散歩コースと彼の通学路が重なっているのか、タイミングがあえば朝はすれ違い、夕方は並んで歩くことがあった。

彼は十メートルほど距離を空けてついてきた。振り返る度に、電柱やポストの陰にサッと隠れる。そういったやりとりを繰り返しているうちに、空が茜色から紫色に染まり、少年はいつの間にかいなくなっていた。

次の日から彼の追跡ごっこが始まった。

たばこ屋の前で私が来るのを待ち、日が暮れるまで後をつけるのだ。

日が経つにつれ、十メートルほどあった距離は徐々にちぢまっていき、いつしか私が振り返っても隠れなくなっていた。ついには並んで歩くようになり、振り返る必要もなくなってしまう。

それにしても、この子はずっと独りでいるが友達はいないのだろうか。

見上げると、彼はランドセルのベルトを握り、大きな目で見返してくる。見つめ合うも感情は読みとれない。ただ、瞳の中に見上げる私の姿が浮かんでいた。

そんなこんなで、夕方の間だけ少年と一緒に散歩するようになった。とはいえ、手綱は握らせなかった。それを握っていいのはご主人様だけだからだ。

ふと景色が変わっていることに気がつく。それは誰かと歩くことによって景色が変わって見えた、というわけではなく、実際に散歩コースが変わっていた。

私はいつの間にか散歩コースから外れて動けるようになっていたのだ。

これはどういうことか、といろいろ試した結果、男の子と一緒にいる時だけ散歩コースの外へ出られるようになっているとわかった。つまり、「散歩コース」だけだった私の行動範囲に「彼のそば」が加わったことになる。広がりはしたものの、散歩コース以外では彼と行動を共にしなければならず、完全に自由というわけではなかった。

私がついてくることに、少年も最初は戸惑ったような表情を浮べていたが、それもすぐに消えた。肝が据わっているというか、感情をあまり表にださない子のようだ。嫌がられて泣きわめかれたとしても私にはどうしようもなかったので助かった。

彼の家は散歩コースから脇道に入ってすぐのところの一軒家だった。家の中にもあっさりと通され、この子の危機管理意識は大丈夫なのだろうかと少し心配になる。家族の姿はなかった。彼は二階の部屋に上がり、ランドセルを置くと、勉強机に向かう。

私は部屋を見回した。ベッドに勉強机、四段のタンスのみという子供の部屋と思えないほど簡素な部屋だった。ただ、壁に何枚もの絵が飾られていた。絵といっても売られているものではない。画用紙に色鉛筆で描かれている。推測するに彼が描いたものではないか。確証が持てないのは、それらが小学生が描いたとは思えないほど精緻《せいち》な絵だったからだ。漫画的にデフォルメされたタッチではなく写実的に描かれたポストや電柱といった町の風景や、蛙《かえる》や猫などの小動物が並んでいた。しばしの間、ながめていると、視線を感じる。

振り返ると、彼はくりくりとした目で私を見ていた。膝の上に画板があり、手に色鉛筆を握っている。

彼の視線は私と画板を行き来していた。

もしかして、私を描いているのだろうか。

近づき画板をのぞこうとしたら、胸に当てて隠してしまう。下唇をやや突きだしうつむく顔から見せるものかという強い意思を感じたので、諦めてモデルに徹することにした。

　しばらくすると、一階が騒がしくなり、少年を呼ぶ女性の声が聞こえた。どうやら母親が帰ってきたようだ。彼は画板を片づけ、一階へ下りる。買い物をしてきたらしい母親が袋から食材をだしていた。

　私は、これまで彼が言葉を口にするところを見たことがなかった。やはり幽霊に話しかけるのは抵抗があるのかなと思っていたのだが、母親とのやりとりを見るかぎり、基本的に無口な子のようだ。母親に何か質問されても、頷くか首を振るだけで、声にだして答える必要がある場合でも、ひと言か、ふた言で済ませていた。

　彼と母親が食事の用意をしていると、また玄関から音がし、父親が帰ってきた。

　夕食は酢豚と春雨のサラダ、ほうれん草のお浸しだった。ダイニングテーブルに両親と彼が座っている。私は三人が食事をしているのをじっとながめていた。

　彼は小皿に酢豚と春雨サラダを少しずつ取ると、私の前に置いた。

　これは、お供えものということか。

　しかし、幽霊である私には食べる術も食欲もなかった。ただ、せっかくの好意を無碍《むげ》にするのも忍びないので、食べるふりをしてみせると、彼は小皿を回収し、自分の口に運ぶ。一連の行為を両親は不思議そうな顔で見ていた。

食事を終えた彼は風呂に入り、自室に戻る。それからは再び画板に向かい、十一時前にはベッドに入った。眠る必要のない私は壁に貼られた絵をながめて過ごした。

絵が完成したのはそれから二日後のことだった。画板から外された画用紙が両面テープで壁に貼られる。完成したら見てもいいようだ。

電柱の根元に顔を寄せる私が描かれていた。ロマンスグレーの髪を綺麗に整え、頬が垂れはじめた中年男性の顔。四つん這いになった身体が弛《たる》んでいる。染みや皺《しわ》が目立ち始めた肌がしっかりと描写されていた。改めて自分の姿を目にすると、年を取ったなと思う。毛深い方なのか、生前はよくご主人様に胸毛や臑毛《すねげ》を撫でてもらったものである。

2

「人面犬ですか？」

恵介が眼鏡を押し上げながら訊いた。

先ほど起きたばかりで目は半分ほどしか開いておらず、いつ意識を手放してもおかしくない状態だった。

「いえ、面じゃないです」

第一診察室の丸椅子に座った珠子《たまこ》が言う。

「でも、人の顔をしている犬なんですよね？」

「はい」と珠子は少し口ごもる。「ただ、身体の方も人なんです」

「つまり、人犬ということでしょうか？」と言って恵介は、うん？　と眉を寄せる。

「それはただの人では？」

「これなんですけど」

珠子はそう言ってスマートフォンをだして、画像を見せた。僕も脇からのぞき込む。

絵を撮影したものだった。電柱のそばで裸の中年男性が四つん這いになっている。色鉛筆の柔らかなタッチで描かれている分、モデルの異様さが際だっていた。

珠子が続けて画像を見せる。

すべて男が裸で四つん這いになっている姿だった。よく見ると首に赤い色のベルトをしている。真ん中に骨を模したチャームがついており、「ＧＵＲＥＯ」と書いてあった。グレオと読むのだろうか。

「これは」と恵介が目を丸くする。「お上手ですね」

「私が描いたわけではありません」と珠子は慌てて否定する。

それまでなんてことない風景を描いていた息子が、数週間前から、こういった絵ばかりを描くようになったという。

「それだけじゃなく、その、食事中に誰もいない場所に小分けにした食べ物を置いたり、ふと気がつくとドアを開けたまま支えていたり、まるで、家の中で何かを飼っているような仕草をするんです」

そんな時に、いつだったかポストに投函されていたチラシのことを思いだしたそうだ。

そういえばそういうのも配ったたな。

「マサルは何かに取り憑かれているのでしょうか？」

「まあ、何かというか、グレオさんですね」

そう言って苦笑する恵介を珠子が睨《にら》んだ。

「マサルくんはおいくつですか？」と訊く。

「小学三年生になります」

「え、本当に？　それは、すごい才能ですね」

たしかに先ほどの絵は小学生が描いたとは思えないレベルのものだった。

「ありがとうございます」と珠子がうつむく。「だからこそ、ああいう絵を描かせるのはちょっと」

「あれはあれですごいとは思いますが」恵介は背もたれに身体を預ける。「まあ、見てみないとなんとも言えませんね。空想の友達という可能性もあります」

「空想ですか」と珠子がスマートフォンに目を落とす。

「子供は突飛なことを考えるものです」

「それは」

珠子は顔をしかめる。裸の中年男性の幽霊と裸の中年男性の空想のどちらがいいか悩んでいるようだった。

「明日の下校中にでも、本当にマサルくんが何かに取り憑かれているのか観察してみます」と約束し、珠子は帰っていった。

僕は彼女が出ていった玄関ドアを見ながら幽霊と空想について考えていた。

幽霊は少ないとはいえ複数の視点で観測される。空想は基本的に独りの人間の頭の中にしかないものだ。

幽霊は特殊ではあるが現実に根ざした現象だった。少なくとも恵介の祖母である寿子はそう定義し、観察と実験を経て、独自の理論を構築していった。恵介もそれを元に幽霊を残留思念体と認識している。

でも、それは本当に正しいのか。

たとえばマサルが見ている中年男性を僕が見えなかったとして、それだけで「空想」としてしまっていいものなのか。それは、ただ寿子の理論から外れたものを「空想」として除外しているだけではないか。僕らにとって中年男性が「空想」ならば、僕だってマサルにとって「空想」ということになる。

僕は空想か。

正直わからない。

僕は幽霊ですらなかった。

久那納家にかけられた呪いだ。

長子は齢三十を越えられない、という呪い。

それが辛うじて形を成しているだけだ。寿子に「墓磨」という名前を与えられるまでは、もっと曖昧な存在だった。それを思えばずいぶんとマトモになったものだ。

それだけ幽霊を、人を食べてきたということなのだろう。このまま順調にいけば、僕も幽霊に、人になれるのだろうか。

「どうした？」

待合室のソファに寝ころんでいた恵介が薄目を開けて訊く。

「いや、べつに」僕は少し間をあけ、「僕が空想だったらどうしようかと思って」

そう言うと、恵介は乾いた笑い声をあげる。

「だったら苦労しないよ」


翌日、僕らは通学路にあるカフェのテラス席で、帰ってくるマサルを待ち伏せした。

「なんだか探偵の真似事ばっかりしてるな」

アイスティーを手にした恵介がつぶやく。テーブルには単行本が置いてあり、開くと一枚の写真が挟まっていた。珠子に借りたマサルの写真だ。横に置かれたスマートフォンには問題の絵の画像も入っている。

まず目に飛び込んできたのは、四つん這いで歩く裸の男性だった。アスファルトに手のひらと足のつま先をつけ、のそのそと近づいてくる。赤ん坊がするようなハイハイとは違って膝は浮いており、腕から脚にかけて大きなアーチを作っていた。

次にマサルらしき男の子を見つける。ランドセルのベルトを握り前傾姿勢で歩いている。

この時点では、まだ本当に四つん這いの男がいるという可能性もあるので、恵介に「見える？」と訊いた。

「何が？」と恵介が訊き返す。

ということは見えていないのだ。

「来たよ」と伝える。

僕の視線をたどり、恵介もマサルの姿をとらえる。「よくわかったな、この距離で」

そりゃ目立つもの。

二人、あるいは一人と一匹が目の前を通り過ぎる。近くで見ると、犬の表面に干渉型思念体の特徴であるノイズが走っていた。

「わ！」と声を上げて反応を見る。

犬はギョッとしていたが、マサルは気がつかず、僕のことを認識していないようだった。

　彼らを見送ったあと、恵介に詳細を伝えた。

「つまり、マサルくんに霊視能力があったわけじゃなく、干渉型思念体の行動範囲と重なったために取り憑かれたわけだ」と恵介はスマートフォンの画像に視線を落とす。

　犬のように振る舞う男の思念体。

　思念体は生前の日常を模倣する。

　だとすると、

「可能性はふたつ。犬としての生活を強いられていた男か、自ら望んで犬になっていた男か」と言って眼鏡を押し上げる。

　どちらもうまく想像できず、「どういうこと？」と訊いた。

「世の中には、いろんな人がいるってことさ」

　恵介は席を立ち、コップをカウンターへ持っていく。

　なるほど。彼を食べれば僕にも理解できるだろうか。

「とりあえず、この周辺でそういった事件がなかったか調べたいところだけど」と言って恵介はわかりやすく表情を歪める。当てはあるが、できることなら頼るのは避けたいといった顔だった。

元春日クリニックに帰った恵介は、何度もため息をついたあと、テレビ番組の制作会社に勤める神宮寺に電話をかけた。神宮寺はオカルト方面に明るく、貴重な情報提供者なのだが、関わると非常にエネルギーを消費する上に本人はイキイキしだすという吸血鬼のような男で、極力近づきたくないと恵介は常々口にしていた。しかし、背に腹は代えられない。

数十分後、恵介は診察室のベッドに沈んでいた。

再三、「いやー会ってお話しましょうよ」という申し出を、緊急を要するからと言ってかわし、「そういえば」と脱線する話をこまめに修正し、必ず結果を報告することを約束させられ、一筆書く書かないといった問答を経て、「これ貸しですからね」と散々釘を刺された上で、特殊な事件に詳しいライターを紹介してもらった。

こんな時にマッサージでもしてあげられればいいのだけれど、ポルターガイスト現象を駆使してもさすがに無理だろう。がんばれば背中を一度強く押すぐらいなら可能かもしれない。やってみるべきかと近づくと、恵介はすでに鼾《いびき》をかいていた。

3

神宮寺に紹介してもらったライターのオフィスは繁華街のマンションにあった。波多《はた》ベルメールというペンネームらしい。

インターフォンを鳴らすと、中分けの長髪から不健康そうな顔をのぞかせた男が出てきた。年齢は三十代前半ぐらいだろうか。長らく日に当たっていないであろう白い顔が目元の隈を際立たせていた。恵介よりも眠そうにしている人間を目にしたのは久しぶりだった。

「神宮寺さんの紹介でうかがったんですけど」と恵介。しばらく間があき、あれ、聞こえなかったのかなと心配になったところで、「ああ、はい、どうぞ」と波多が答えた。

玄関に入ると、本来ならシューズボックスであったところに大量のＤＶＤが収められていた。

「すいません。朝方まで仕事をしていたので」

通された部屋の壁も書籍やＤＶＤで埋め尽くされていた。キッチンのシンクの中やコンロの上にまで積まれている。

「こちらこそすいません、お忙しいところ」

「いえ、えっと、適当にどけちゃってください」

恵介はどうにか丸椅子を発掘し腰を下ろした。

波多が冷蔵庫を開ける。「缶コーヒーか栄養ドリンクぐらいしかないんですけど」

「おかまいなく」

波多は栄養ドリンクを開けて一気に飲み干すとパソコンの前に腰を下ろす。「たしか心霊関係でしたっけ？」と手帳を広げて訊く。

「そのもとになった事件を調べてましてて」

恵介は現状を説明した。

簡潔にすると、少年が犬の格好をした中年男性の幽霊に取り憑かれているという内容となったが、「へえ、面白いですね」と波多はとくに驚いた様子もなくメモを取る。

「それで、あの辺りで犬の格好をした男性がからんだ事件があればと」

「それは、幼少期に遭難して狼《おおかみ》に育てられたみたいな？」

「そこまで特殊なものじゃなくても、たとえば、そういうプレイ中に何か事件に巻き込まれたとか」

「うーん。そんな面白い事件であれば取ってあると思うけど」と波多はパソコンに向かう。

「気になった記事や事件や切り抜きやらなんやらをデータにして検索できるようにしてあるんです」と説明してくれた。

どういうキーワードを打ち込んだのか、「獣姦《じゅうかん》狂、犬食マニア、全身タトゥーで犬になりきった男、犬と結婚した女性、犬と人の合いの子」とディープな言葉が次々と出てくる。

「プレイ中の死亡事故はわりとありますけど、犬系はないですね」

「なるほど」

「関係ないかもですが、犬を散歩中の女性が交通事故で亡くなってますね」

「その犬というのは」

「この記事を読む限り普通の犬ですね」

「本当は人だったけどプライバシーに配慮して犬とした可能性は」

「だとしたら、散歩中の男女になると思います」

波多は本棚からいくつかファイルをだして広げる。中には雑誌や新聞の切り抜きが収められていた。二人で記事をあさってみたものの、めぼしいものは見つからなかった。

「あの、ひとつ訊いてもいいですか」と波多がファイルから顔を上げる。「たとえば、狼に育てられた子供がいたとして、その子が死んだ場合は、どういった幽霊になるんですか？」

恵介は質問の意図がわからないと少し首を傾げた。

「えっと、つまり、周りは狼ばかりで、自分も自分のことを狼だと思っていた場合、幽霊は人になりますか？　もし、脳内で思い描く自分の姿が狼だとしたら、幽霊が狼になったりしませんか？」

「どうだろう、水面にうつる自分の姿なんかを目にする機会もあるだろうから」

「でも、その水面にうつったものを自分だと認識していないかもしれませんよね」

「かもしれないけど、えっと、なんの話ですか？」

「だから、逆は考えられませんか」波多が目を擦りながら言う。「犬が自分のことを人だと思っていた可能性です」

「あー」と恵介が口を半開きにして、停止する。

どうやら、波多が言ったことを考えているようだ。

幼少期から人の中で家族の一員として育てられた犬は、自分のことを人だと思うのではないかということだった。

ああ、なるほど、と僕は合点がいく。

たまに見かける裸で四つん這いの残留思念体はそういうことだったのか。

「素人考えですけど」と波多が欠伸をかみ殺しながら言う。

「いえ、たいへん参考になりました」

恵介は先ほど発見した犬の散歩中に交通事故にあった女性の名前を控えて、部屋をあとにする。

「あの、今度、インタビューさせてもらってもいいですか？」

玄関を出たところで波多が訊く。

「一応訊いてはみますけど、依頼人の返事次第ですかね」

「あ、ちがいます。今回のことじゃなくて、久那納さんにです」と波多が続けて言う。「べつに記事にするとかじゃなく興味があるんで」

「はあ」恵介は眼鏡を押し上げ、「そうですね、いろいろと落ちついたら、考えてみます」と答えた。

「ぜひ」

また何かあったらいつでも連絡してください、と名刺を受け取り波多と別れた。

ビルを出て、繁華街を駅に向かって歩く。

「これからどうするの？」と訊いた。

恵介は渡された名刺から顔を上げる。「とりあえずお母さんに報告する」

「取り憑いているのは人のように見えますが、犬ですって？」

「まあ、納得してくれるかはともかく」と恵介は苦笑する。「それからはいつも通り、調べて、治療法を考えるさ」

珠子への説明は想像していた通り難航し、結果「よくわかりません」と泣かれてしまう。

最近、家の中に誰かがいる気がするという。どうやらグレオがマサルを媒体に珠子へ干渉し始めたようだ。

「気のせいですよ」と恵介が電話越しに慰めていた。

交通事故にあった女性の名前は羽柴照美《はしばてるみ》といい、電話帳で探すと事故現場の近くに羽柴家が一軒だけ見つかった。

早速電話をかけた恵介は心理カウンセラーであると名乗り、照美さんの事故について調べていると伝える。

「最近、犬の幻覚を見るという相談がありまして、その場所を調べてみたら、たいへん言いにくいのですが、どうも照美さんの事故現場でして、はい、それでその犬は赤い首輪をしており、骨型のアクセサリーにアルファベットでグレオと、ええ、はい、そうです」

恵介は虚実を入り交えながら説明する。首輪の描写が決め手になったのか、翌日会って話を聞けることになった。

照美の母親に迎えられリビングに通されると、父親と犬の姿があった。犬はゴールデンレトリバーで、来訪者に顔を上げたが、すぐに興味を失い、隅の方で丸くなった。父親の目鼻立ちが、どことなくグレオに似ている気がする。

恵介はまず断りを入れてから仏壇に手を合わせた。二枚の写真が立てられている。光の反射で見えないが、きっと照美とグレオだろう。近づいて確認すると、グレオは凛々《りり》しい顔のシベリアンハスキーだった。

事故から数年経ち、最近になってようやく遺品の整理を終えたと母親は言う。それから思い出話がしばらく続き、恵介は聞き役に徹した。

「ごめんなさいね、思いだすと、やっぱりね」と母親は滲む涙をハンカチで拭う。

いつの間にかゴールデンレトリバーが近くにおり、心配そうに母親を見つめていた。

母親は「大丈夫よ」と頭を撫でた。「それで、今日はグレオについてということでしたが」と父親が口を開く。

「はい」

恵介は電話で伝えた話を再度説明した。

グレオがしていた首輪の形状を言い当てていることが効いており、二人とも疑ってはいないものの信じていいのかもわからないといった微妙な表情をしていた。

「照美さんの事故を知り、もしかして、これは幻覚ではないのではないかと思いまして」

「それは、グレオの幽霊ということでしょうか」と父親が訊く。

「わかりません」

「グレオと一緒に娘の姿を見たという方は」と母親が訊いた。

「残念ながらそういった話は聞いていません」

「そうですか」と母親は目を伏せる。

「一匹だけで散歩を続けているようです」と恵介は同情するように眉を寄せる。

「さまよっていると言ってもいいでしょう」

「うちに連れ帰ることはできないのでしょうか」

「わかりません」

　本当のことを言えば、マサルから彼らにグレオの思念体を移すことは可能だろう。依頼としてはそれでいいのかもしれないが、干渉型思念体を治療して集めている僕らとしてはよくなかった。

「グレオさんが幽霊になってしまうようなことに心当たりはありませんか？　悔いや未練を残されたといったことは」という恵介の質問に二人は顔を見合わせる。

「そうですね」と母親は足下に伏せているゴールデンレトリバーを撫でる。「あの子はとくに照美に懐いていましたから、もしかしたら自分の死よりも照美の死にショックを受けているのかもしれません。あるいは、照美を助けられなかったことを悔いているような、そんな気がします」

「なるほど」と恵介もゴールデンレトリバーに視線を向ける。

「あの、本当に心理カウンセラーの方ですか？」と母親が訊く。

「大きな括《くく》りでいえば、そうです」と恵介はしれっと答える。

どちらかといえば心霊カウンセラーなのではないか。

帰りはゴールデンレトリバーも玄関まで見送ってくれた。

彼は自分のことをちゃんと犬だと認識しているのだろうか。それともやはり死んだら人の形をした思念体になるのだろうか。

羽柴家を出て、何か思いついたのか、恵介はすぐに電話をかけた。

「久那納です。昨日はありがとうございました」

相手は波多ベルメールのようだった。

「昨日の今日で申し訳ないのですが、ひとつ頼まれてくれませんか」

4

私は幽霊である。名前はグレオという。死んでずいぶんと経つ。今はマサルという子供に憑いている。飼われているわけではない。手綱はまだ地面を擦っている。

実は何度か手綱を握られそうになったのだが、その度に激しく吠《ほ》えて、阻止した。

マサルは学校にいる。一度ついていってみたが、子供が多く騒がしいだけの場所だったので、以降は自分の散歩コースで彼が帰ってくるのを待つことにしている。

いつものようにたばこ屋の前で待ち合わせて、マサルと合流すると散歩を再開する。彼はランドセルのベルトを握りながら、前のめりになって歩く。視線を四方にさまよわせ、ずっと何かを探している。枯れ葉、空き缶、虫の死骸、興味のあるものを見つけると立ち止まって観察する。お眼鏡にかなえば、ランドセルからノートを取りだし、スケッチをする。なぜこんなものに興味があるのか皆目わからないが、私も付き合って鼻を近づけたりしている。集中すると周りが見えなくなるたちのようで、危なっかしい。よく自転車にベルを鳴らされている。

学校がある日は、大体二周目の途中でコースを外れ、マサルの家へ向かう。最近は日が暮れるのが早く、薄暗くなっていることが多い。今日は蟻《あり》の行列、野良猫の親子、電柱を点検している男と収穫が多く、マサルの足取りも弾んでいるように見えた。散歩コースから脇道に入る。次の十字路を渡った先にマサルの家がある。家が目に入りマサルが小走りになった。

瞬間、

右手から、閃光《せんこう》が彼を照らした。

立ち止まるマサルから伸びる影。

考えるよりも先に、

私はとっさに彼の背中を押していた。
光の外へと倒れるマサルを見て、
思考が体に追いつく。
よかったと思った。
彼に手綱を握らせなくて、
本当によかった。

※

僕と恵介は、散歩をしているマサルとグレオのあとをつけていた。マサルはランドセルのベルトを握り、辺りをキョロキョロと見ている。時々、立ち止まっては熱心に何かを観察している。グレオはそんなマサルを見上げたり、鼻を近づけたりしている。一見、微笑ましい光景に見えるが、グレオの表面に走るノイズは確実に広がっていた。

あのノイズはいつしか彼を覆いつくし、姿形だけでなく心も消してしまう。未練や怨念だけが残り、最終的には人に干渉する黒い霞となる。呪いになるのだ。マサルや家族のためにも、そうなる前に手を打つ必要があった。

彼らが脇道に入ったのを確認し、恵介が電話で合図を送る。

脇道の先は細い十字路になっていた。

すると、家が見えて気が急《せ》いたのか、小走りになったマサルが十字路に飛びだした。

そこへ軽自動車が突っ込んだ――かに見えた。

実際のところ、車は停《と》まっており、ただライトが点灯しただけである。そして、マサルが押しだされたのを確認したあとにゆっくりと発進し、思念体であるグレオの上を通過していく。ちなみに運転しているのは恵介に急遽《きゅうきょ》呼びだされた波多ベルメールである。

もちろん思念体であるグレオも無傷だった。その奥でいきなり突き飛ばされたマサルが驚いた顔をしている。干渉型思念体なら、取り憑いた相手をポルターガイスト現象で強く押すことぐらいは可能だった。

「どうだ？」と恵介が訊く。

僕はグレオに視線を向ける。泣きながら笑っているような複雑な表情をしていた。

身体の表面を波立てていたノイズが徐々に穏やかになり、綺麗に消え去った。

そう伝えると、恵介が小さく頷いた。

僕たちが近づくと、彼らもこちらに気がつく。

グレオは惚けた顔で見返してきた。

「やあ」と恵介がマサルに声をかけて気を引く。「転んだみたいだけど大丈夫？」

悪霊でなくなったのだから、このまま自然と消え去るまでマサルと過ごさせてもよかった。

でも、僕らには君が必要なんだ。

だから、

「ごめんね」

そう言って、僕はグレオを頭から呑み込んだ。

そこには人となんら変わらない、あるいは、より澄んだ世界があった。

彼がつちかってきたものが、豊かな感情が、深い想いが、溢《あふ》れる。

言葉によらないもの。

それらが、人の言葉へと置き換わっていく。

ポロポロと大事な何かがこぼれていくような気がした。

とらえそこなっている。

それが無性に悔しくて、悲しかった。
マサルの声が聞こえた。
グレオを呼んでいた。
「ねえ！」と。
初めて聞く大きな声だった。
そんな声もだせるのか、とグレオが思った。
「どこ？」と探している。
「ごめんね」
僕はつぶやく。
今ならわかるよ。
大切な友達だったのにね。
でも、僕も人になりたいから。
だから、ごめんね。

「どうなりました？」

いつの間にか恵介のそばに波多がいた。どこかに車を停めて様子を見にきたようだ。

「うおお」と奇妙な声をあげる。「なんですか、それ」

そう言って指をさしている。

指の先には僕が立っていた。

波多と目が合う。

まるで僕の姿が見えているかのように。

背後を確認してみたが、とくに何もなかった。

まさかとは思いつつ、「見えるの？」と訊いてみた。

「うわ、しゃべった」と波多。

視線を移すと、マサルもこちらを見て目を見開いていた。

「どういうこと？」と恵介に訊く。

恵介もじっと僕を見ていた。

「なんなんですか、この化物」

波多が裏返った声で叫んだ。

化物？
どこに？
僕は辺りを見回す。
皆が僕を見ていた。
「恵介、どういうこと？」
もう一度、訊く。
恵介は何も答えてくれなかった。
犬のグレオは人の姿をしていた。
そういえば僕は、自分がどんな姿をしているのか知らないことに気がついた。

呪い

墓磨の話をしよう。
墓磨と久那納恵介の話を。

誕生日プレゼントは何がいい？

1

「恵介、どういうこと？」

墓麿の声。

「また、しゃべった」

隣にいる波多が上擦った声をあげた。

どうやら姿が見えるだけでなく、声も聞こえるらしい。少し離れた場所にいるマサルも墓麿へ視線を向けている。私だけでなく、ここにいる全員が墓麿を認識しているようだ。墓麿がマサルや波多に干渉したのだろうか。しかし、ハッキリと見えるようになるほど彼らと一緒に過ごしたとは思えない。

どういうこと？

それは私が訊きたかった。

何も答えられずにいると、墓磨の表面に走っていたノイズが消えていることに気がつく。

「ひい」

背後で短い悲鳴があがった。

スーパーの袋を持った珠子だった。彼女も墓磨を見ていた。

「車を回してくれませんか」と波多に言うが、墓磨に心を奪われている。「波多さん」と叫ぶ。

「え？」

「車を」

「あ、はい」と走っていく。

続いて珠子に除霊が成功したことを手早く報告した。

「え、まだ、そこにいるじゃないですか」

化物、と彼女は掠れた声で告げる。

最後の言葉に被せるように、「いえ、彼は関係ありません」と伝える。

そうですかと納得できるはずもなく、珠子は戸惑った表情で息子を引き寄せる。マサルに見つめられ、「グレオはうちに帰ったんだよ」と言い訳じみた言葉がこぼれた。

そうじゃないことはわかっていた。グレオを治療したのは、グレオのためでも、マサルのためでも、珠子のためでもない。自分のためだ。死にたくないから、墓磨の治療のためにグレオを犠牲にしたのだ。

私の言葉に、マサルは見つめ返すだけで何も答えなかった。

波多の運転する車が来たので、呆然としている墓磨を後部座席に押し込む。

「え、そいつも乗せるんですか」と言う波多を無視して、元春日クリニックまでのルートを告げた。私たちは逃げるようにその場をあとにした。

波多がしきりにバックミラーを確認している。後部座席にいる墓磨のことが気になっているようだ。ただ、いくら鏡で見たところで思念体である墓磨が映るわけもなく、そこには空の後部座席が映っている——はずだった。

鏡の中の墓麿と視線が合う。

墓麿の視線が動く。どうやら鏡の中の自分を見つめているようだった。

「これが、僕」と墓麿がつぶやき、指先で瞼を、鼻筋を、唇をなぞる。

それらはどれも、人としてあるべき場所になく、そして、複数あった。

墓麿の顔には、いくつもの目や鼻や口が、でたらめに配置されていた。

「いつから?」

鏡越しに複数の目で見つめられる。

いつから?

いつからだろう。

墓麿の姿が崩れだしたのは。

出会った頃は、精巧に造られた人形と見間違うほどに端整な顔をした子供だった。最初に気がついたのは、墓麿の頬にできた不自然なえくぼだった。とくに笑っているわけでもないのに、いつまでも消えないそれは日に日に広がり、ついにはギョロリと目を剝いた。続いて小さなデキモノが徐々に大きくなると鼻となり、目元の皺はじわじわと開いて口となった。

干渉型思念体を治療し取り込む度に、墓麿は徐々に人から離れた姿になっていった。今は、いくつもの顔をまとめて握りつぶしたような顔をしている。

　どこかで間違えてしまったのだろうか。知らず知らずのうちに手順や方法に不備があったのではないか。そう考え、蔵に残された資料をあたってみたが、そのような症状はどこにも載っていなかった。それもそのはずで、呪いの治療に関しては私たちが最前線なのだ。

「何を調べているの？」と訊かれ、「べつに、治療法の確認だよ」と言って誤魔化した。本人は自分の姿が変わっていることに気がついていないようだった。

　最初に言いそびれると、時間と共にますます言いだせなくなっていった。これまで、私は呪いを解くため、墓磨は人になるためといったように、それぞれに目的があって協力してきたのだ。それがもし、人になれないことを墓磨が知ってしまったら、この関係は崩れてしまうのではないか。霊感のない私は墓磨の力がなければ、思念体を見つけることができない。だから、伝えられなかった。

　そうこうしているうちに、霊感のない人間に墓磨が認識されるという不測の事態になり、墓磨自身も自分の容貌に気がついてしまった。

　私は墓磨にすべて打ち明けた。

「これからどうするの？」と墓磨。

「今、考えてる」と答えたものの、頭は回っていなかった。

元春日クリニックに到着し、車を停めた波多がうかがうように「つきましたけど」と言う。

レンタカーを返さなければならないということで、波多とはそこで別れた。

「また何かあったらいつでも連絡ください」と波多が墓磨をチラチラと見ながら言う。

墓磨はコートを頭から被り、逮捕時の犯罪者のような格好になっていた。

「あと取材の件、落ちついたらでいいので、忘れないでくださいね」

今回、手伝う見返りとして、波多のインタビューを受けることになっていた。

私は曖昧に頷く。正直それどころではなかった。

走り去る車を見送り、元春日クリニックに入る。

シャッターを下ろす音に重なって鈍い音が響いた。振り返ると、墓磨が倒れていた。

待合室の床に寝そべったまま、動かなくなってしまう。

「大丈夫か？」

声をかけると、むくりと起き、キョトンとした顔をしている。

「どうした？」

「つまずいた」と墓磨は玄関と待合室の段差を見る。「痛い」

そうつぶやき、腕をさすっている。

「気をつけろよ」と流しそうになったところで止まる。

つまずいた？

痛い？

墓磨が？

目が合う。すべての目が潤み、怯えをたたえていた。きっと私も同じような目をしているにちがいない。

墓磨はこれまで数多くの思念体を摂取してきた。思念体とは記憶や感情といった情報の塊のようなもので、そこにはもちろん「痛み」といった感情も含まれている。だから、「痛み」も情報としては知っていた。ただ、実際に体験したことはなかった。

腕をさすっていた手が、つまずいたつま先へ移る。「痛い」とまたつぶやく。

私は墓磨の肩に触れる。

彼はしっかりとそこに存在していた。

ポルターガイスト現象を使い、彼から触れられることはあっても、こちらから触れたのはこれが初めてのことだった。

「いくつか確かめたいことがある」と私はつかんだ肩に少しばかり力を入れた。

墓磨が顔を上げる。

「服を脱いでみてくれないか」

墓磨は一度自分の服に視線を落としてから、「え？」と言った。

彼は女性もの、男性もの、洋服、学生服、着物、毛皮といったいろんな服を切り貼りした奇妙な服を着ていた。

「服を脱いでみてくれないか」と再び伝えると、墓磨の瞳に宿った怯えがやや濃くなったように見えた。

思念体だった頃は、服も体の一部だったので脱ぐことはできなかった。実体となった今、どうなるのか試してみたかった。

襟元のボタンを墓磨が恐る恐るはずす。ボタンは途中で途切れ、そこからはセーラー服になっていた。ならばと腰の帯を解いてみるものの、中からオーバーオールの一部が現れる。とりあえず目につくボタンや金具をはずして、結び目を解き、裾をめくってみたが、一向に脱げる気がしなかった。

どうしたものかとしばし悩み、「切るか」と思いつく。
裁ち鋏《ばさみ》はなかったので、キッチン鋏で代用した。表面から布を一枚ずつ切ってい
く。部分的にはいくらか切り取れたものの、切れども切れども中から衣服が現れる。
もし、これまで摂取した思念体の衣服をすべて纏《まと》っているのだとしたら、すべてを
脱がすのにどれほどの手間と時間がかかるのか。
布切れが山となったところで諦めた。
続いて、距離を確認することにした。
思念体だった頃の墓磨は、取り憑き先であった私から二メートルほどしか離れら
れなかった。それが変わっているのかを調べてみる。
立たせた墓磨から徐々に離れていくと、途中で前に進めなくなり、測ってみると、
やはり二メートルほどだった。無理矢理に進むと、ズズズと引きずられるように墓
磨も動いてしまい、距離は変わらなかった。立場を逆にし、私が動かず、墓磨が離
れていっても同じだった。
では、墓磨を閉じこめてしまえばどうか。
トイレに墓磨を入れて、ドアを閉めた上で離れてみる。やはり二メートルほどの
ところで、ドアに墓磨がぶつかる音がして、私の足は止まってしまった。想像する

に、これは私がバイクや車に乗って離れたとしても変わらないのだろう。推進力がドアよりも強ければ、墓磨がドアを破って引きずられるだろうし、ドアの方が強ければ私が止まるにちがいない。つまり、実体を持っても墓磨と私は変わらず繋《つな》がったままだった。

「ひんやりする」

ドアに体を押しつけているであろう墓磨の声が聞こえた。

私は動揺を吐きだすように深呼吸をした。

一度、実家に戻り、事情を知っている母や妹に相談した方がいいと思い、トイレから出てきた墓磨にそう告げた。

問題は、見えるようになった墓磨をどうやって実家に連れて帰るかだった。

2

記憶の中の父は、いつも申し訳なさそうに眉を八の字にしていた。極度の近眼で、フレームからはみ出るほどに分厚いレンズに、目の周りだけが縮んで見えた。ほぼ毎日、私が目覚める前に仕事に出ていき、帰ってくるのは眠りについたあとだった。

出張も多く、土日ですらほとんど家におらず、いても蔵にこもっていた。

ずっとサラリーマンだと思っていた。私に霊感がないとわかった父は、ギリギリまで何も伝えないことにしたという。なるべく長く普通の子供として過ごさせるためだった。

除霊を生業にしていると知ったのは、父が死ぬ年、丁度、私が小学五年生にあがる前の春休みだった。

その日は、何度か目覚めたものの、ベッドからは出ずにゴロゴロしていた。休みとはいえ、そろそろ「いいかげんに起きなさいよ」と母の声が聞こえてくるかなと待っていたが、それもなく、さすがにお腹が空《す》いてきたので、食卓に行くと父がいた。

コンロの前に立ち、フライパンで何かを焼いている。振り返り、「おはよう」と言う。

私が挨拶も返せずに呆然としていると、「ハムエッグは作ってるけど、どうする、パンも焼くか？」と訊いてくる。

「あ、うん」と辛うじて返事をし、椅子に座った。

辺りを見回す。その様子を見て、母と妹の早苗《さなえ》は祖父の家に出かけたと父が教えてくれた。祖父は祖母が死んだ後に再婚し、隣町に住んでいた。

つまり、家には父と私しかいないということだった。

父が作ってくれたハムエッグは半熟で、ハムではなくベーコンだった。トースターが甲高い音を立てる。三角に切られたきつね色のトーストをテーブルに置き、父も席につく。その席に誰かが座っているのを見るのはいつぶりだろうか。父がベーコンエッグにウスターソースをかけている。ザッザッとバターを塗る姿も新鮮だった。

「仕事はどうしたの?」と訊く口がムズムズした。父に対する口調はこれでよかっただろうかと不安になる。

「今日はケイくんに話があるから」と父。

そういえば、ケイくんと呼ばれていたなと思いだす。

たぶん、初めて口にするであろう父の料理は、可もなく不可もなくといった味だった。

食事を終えて、蔵へ移った。

重そうな扉を開けて、父が電気をつけた。い草の香りが鼻を抜ける。足を踏み入れたのはその時が初めてだった。壁は一面書架で、古そうな書籍と、本とは呼べないような紙の束が詰まっていた。それと同じかそれ以上の量の書物が畳の上に積まれている。

父がどこからか座布団を引きだし、畳の上に敷いた。私たちは向かい合って座った。しばらくの沈黙を経て、父が口を開いた。

それは、久那納家にかけられた呪いの話だった。

久那納家に生まれた長子は齢三十を迎えることはない。

いくつか細かな説明も受けたように思うが、大まかに言えば内容はそれだけだった。

父の言葉がうまく理解できなかった。冗談やドッキリという雰囲気ではなかったので、ただ困惑した。

翌日から、私は父の除霊現場に同行するようになった。父は幽霊を診断して治療しているというが、霊感のない私には依頼者を騙しているようにしか見えなかった。そうか、父は詐欺師だったのかと、ひどくショックを受けたのを覚えている。

残留思念体が生まれる過程や、干渉型思念体に変貌する原因、治療方法を探しだす術などを教えこまれる。これはつまり、この詐欺まがいの家業を継げということなのだろう。もしかしたら父自身も代々受け継がれている家業に嫌気がさしており、だからこそ自虐的に、「呪い」と表現しているのではないかと子供ながらに考えていた。父が死ぬまでは。

八月の下旬。

父が三十歳を迎える前日。

時計の針が日付をまたぐ数分前を指していた。蒸し暑い日で、夜なのに蟬《せみ》が鳴いていた。

蔵の二階で、父が布団に横になっていた。私と母は並んでそばにいた。妹は母屋で眠っている。明かりは小さな常夜灯のみで、父の顔も母の顔も影でつぶれていた。

父の声は小さかったが、不思議と蟬の声に紛れることなく耳に届いた。

母の名前を、

妹の名前を、

私の名前を、

最後に墓磨という名前を、

「すまないね」という言葉と共に残した。

静かに呼吸をひとつ。

父は眠るように息を引き取った。

葬儀は事前に準備されており、つつがなく終わった。

当然、私は父の仕事についていく必要がなくなり、元々あまり家にいなかった父と一緒に行動するという非日常から、日常に戻ったような気がした。

数日は問題なかった。

それから、徐々に体に力が入らなくなっていった。朝、ベッドから出ようとしても、立ち上がれず、再びベッドに倒れ込んでしまう日々が続いた。

父が本当に死んだということを、心より先に体が気がついたようだった。

それは、私も三十歳で死ぬということを意味していた。

母は何も言わず、まるで私がこのような状態になるとわかっていたかのように、そっとしておいてくれた。もし、あの状態で少しでも知ったような口調で慰められていたら、水風船に針を刺すように破裂してすべてがこぼれてしまっていただろう。

空っぽのまま、季節は冬になっていた。

気がつくと、そいつは部屋の隅にいた。

「やあ」と暢気《のんき》な声をあげる。

カーテンの隙間から夕日が差し込んでいた。茜色のラインが入った人影がゆっくりと近づいてくる。

私がカーテンを引くと、暗がりから茜色に顔をだす。

綺麗な顔をした子供だった。

陶器のようにつるりとした肌に、切れ長の目に控えめな鼻と唇、耳はやや大きく、そこが愛嬌を担っていた。見た目だけでは男なのか女なのかわからず、そもそも人かどうかも怪しい。精巧に造られた人形のようだった。

着物や学生服やスーツをコラージュしたような奇抜な格好をしている。その表面が部分的にブレては戻るを繰り返していた。

そいつは声変わり前の澄んだ少年の声で、「墓磨」と名乗った。

3

服は一回り大きなトレーナーとコートを上から被せて誤魔化した。着膨れしてしまうのはしかたがない。墓磨はコートを撫で、手触りを確認していた。

問題は顔だった。マスクやサングラスをかけようとしたが、耳が通常の場所になく、しかも四つあり断念した。そこで時季としては少しばかり早いがマフラーをまいて顔の下半分を隠すことにした。さらにニット帽を目深にかぶり、上半分を隠す。すると、露出しているのは指二本分ほどの面積だけになり、運よくそこに目があった。

「あつい」と墓麿がくぐもった声で言う。

実家までは飛行機で一時間半ほどだった。しかし、怪しさしかない格好の墓麿を飛行機に乗せられる気がしなかったので、新幹線にした。

切符はふたり分購入しなければならなかった。思念体だった頃は、床に寝ころぼうが、人の上に座ろうが、荷棚にもぐりこもうが誰にも文句を言われなかったのに。思わぬ出費にため息を漏らしていると、さらに弁当も買えという。肉体を得た墓麿は食欲も手に入れていた。昨晩はカップラーメンを食べ、目を見開いていた。

駅の売店で、自分用のサンドウィッチと墓麿に幕の内弁当とミカンを買う。

二人席の窓側に墓麿を押し込む。私が背もたれを倒すと、墓麿も真似し、「おお」と声をあげた。

「知ってる。これはテーブル」

そう言って前の座席についているテーブルをだし、弁当とミカンを並べ、まだ新幹線が動いてもいないのに、「食べてもいいか」と訊いてくる。

何もかもが新鮮なのだろう。私が頷くのと同時に弁当を開け始める。

なんてことのない幕の内弁当だった。

「こんなに？」と墓磨が感嘆の声を漏らす。

マフラーをずらし、右目の下にある口に俵型のご飯を運ぶ。嚙んでいる間に、きんぴらごぼうを違う口に入れる。「すごい、すごい」とさらに違う口で言いながら、次々と食べていく。

私は背もたれに体重を預けて目を閉じた。欠伸が口を割り、意識が睡魔に引っ張られ始めた時に肩を叩かれる。目を開けると、墓磨がこちらを見て、「何か変だ、胸のあたりが苦しい」と言う。

弁当はすっかり空になっていた。慌てて食べて喉を詰まらせたようだ。

タイミングよく車内販売が来たのでペットボトルの水を買い、墓磨に渡した。

「すごい、治った」と水を飲んだ墓磨は目を丸くしていた。

続いてミカンに手をつける。

「むき方は知っている」

知っていることと、実行できるかは別だった。墓磨は力加減がわからなかったのか、皮を突き抜けて果肉にまで指を突き入れていた。それから、物欲しそうに見る墓磨にサンドウィッチを半分取られ、次の車内販売でバニラアイスを買わされた。

「わはは、かたい」

木のへらが刺さらないアイスにご満悦の様子だった。

新幹線を降り、何度か列車を乗り換えた。徐々に外の景色が緑に染まっていく。列車が変わる度に肌寒くなっていき、目的の駅に着くと墓磨の格好が丁度よいぐらいの気温になっていた。墓磨が鼻を鳴らす。海が近いので微《かす》かに潮の香りが漂っている。

駅の周辺は観光地なこともあってそれなりに栄えていた。家はそこから車で三十分ほどのところにあった。

停まっていたタクシーをノックする。運転手は墓磨の姿を見てギョッとしていた。

実家に帰るのは三年ぶりだった。妹が出産してから一度も帰っていない。

家の前まで来たところで、今さらながら電話の一本でも入れておけばよかったなと思う。

門扉の奥、二階建ての木造家屋から明かりが漏れている。今は母と妹、妹の配偶者であるタカシくんと甥《おい》っ子のユウキがいるはずだった。

「どうしたの?」

一向に入ろうとしない私に墓麿が声をかける。墓麿にとっても馴染み深い家であり同居人だった。ただ、向こうが墓麿を目にするのは初めてのことなのだ。

まず突然帰ってきたことに驚かれ、続いて不審な格好をした連れがいることにも驚かれた上で、そいつが久那納家に取り憑いていた呪いだと紹介しなければならないのだ。やはり先に電話をかけ、「突然だけどこれから帰るから。驚かないでほしいんだけど、紹介したいやつがいるんだ」と前置きをしておくべきではないか。そうすれば、少なくとも連れがいることに対しての驚きはなくなる。しかし、年頃の長男が久しぶりに帰ってきて紹介したい人がいると言えば、婚約者か、せめて結婚を視野に入れた恋人を連れてくるものではないか。それが蓋を開けてみたら呪いでしたでは、衝撃が増しただけのような気もする。

「入らないの?」

「考えてるんだよ」

「何を?」

お前をどう説明するかだよ。

そう文句を言うつもりで振り返ると、妹が立っていた。

男の子と手を繋いでいる。成長しすぎて別人にしか見えないが、きっとユウキだろう。二人とも不思議そうな顔をしている。

「よお」と中途半端に手をあげる。

「何してるの？」と妹。三年前よりも多少ふっくらしたように見える。

「そっちこそ、こんな時間にどこ行ってたんだよ」

取り繕《つくろ》おうとしたせいで、少しだけ非難めいた口調になってしまった。

「お盆も正月も帰ってこないお兄ちゃんに言われたくないけど」と妹が同じような口調で言う。「たっくん、今日から出張だから見送るついでに食事してきて今帰り」

お兄ちゃんは？　と問うように首を少しだけ傾げる。

そこで妹の視線が私の背後にいた墓磨に移った。

「婚約者とかじゃないから」と慌てて否定する。

「は？」と妹が眉を寄せる。「とりあえず寒いから入んなよ」

チラチラとこちらをうかがうユウキに、「おじさん、私のお兄ちゃん」と妹が説明していた。

なぜ、異様な姿の同行者について何も訊いてこないのか不思議に思ったが、それを訊いてしまうと、墓暦について説明しなければならなくなるので、黙っていた。

妹がすりガラスの引き戸を開けると、カラカラと懐かしい音がした。

「ただいま」と母子が声を揃える。

藍色のタイルが敷かれた玄関が迎えてくれる。傘立てに父が使っていた傘がまだ残っていた。

マジックテープを剝がす音が聞こえる。ユウキが座って靴を脱いでいる。

「雑巾ってどこだっけ？」と私は妹に訊いた。

「洗面所にあるけど、え、なんで？」

私は答えず雑巾を取り、墓暦に渡した。

彼は服と同じように靴も脱げなかった。なので、家に上がるには底についた汚れを拭う必要があった。さらに畳を傷つけないように靴の上から用意しておいたスリッパを履かせる。

妹はユウキを連れて、台所へ入っていった。

居間に入ると、夜のニュースが流れており、テーブルに空の湯吞みがあった。

「おかえり」と台所から母が顔を見せる。「帰ってくるなら電話ぐらいしなさいよ」

「ごめん」

「ご飯は？　食べたの？」

「いや、まだ」

一瞬、視線が墓磨に移った気がしたが、「じゃあ、すぐ用意するから」と言って台所へと引っ込んでしまった。

見る見るうちに料理が並んでいく。

筑前煮、ひじき、ほうれん草の白和《しらあ》え、明太子、ポテトサラダ、ご飯が置かれたところで、「アジの干物があるけど焼こうか？」と訊かれたので、「十分です」と答えた。

取り皿と箸は二人分用意されていた。

私と墓磨は並んで座る。母と妹が向かい側に腰を下ろし、ユウキはテレビの前に座り、録画してあったアニメを見始めた。

「食べるのに邪魔でしょう。お脱ぎになったら？」と母が墓磨に言う。

墓磨が私を見る。

覚悟を決め、私は口を開く。

「母さん、実は話しておきたいことがあるんだけど。見てもらった方が早いかな」

その言葉を聞き、墓磨がマフラーを外し、ニット帽を取った。

テレビからこちらへ顔を向けたユウキが固まる。それに比べて、母と妹は多少目を見開いたぐらいで、表情はほとんど変わらなかった。想像していたよりも反応は薄く、静かだった。テレビから陽気な音楽が聞こえる。

「こいつ、墓磨っていうんだけど」

二人とも、呪いが墓磨と名づけられていることは知っていた。

「はじめまして」と墓磨が頭を下げる。

「そう」

母は微笑むと、

「受肉したのね」

そう言った。

すると、いきなり妹がユウキを抱き、声をあげて泣きだした。

「よかったね」

母も目に涙を浮かべている。

状況がわからないユウキと墓磨がポカンと口を開けていた。

「母さん？」

どちらかといえば会話が可能そうな母に説明してくれと視線を向ける。

「終わったのよ」と母は妹の背中を撫でながら言った。

「えっと、何が？」

「すべてが」

「いや」説明になっていない。私は眼鏡を押し上げる。「どういうこと？」

「呪いが解けるのよ。あなたは助かったの」と母が優しげな表情で頷く。「がんばったわね」

私は墓麿と目を合わせる。すべての目が泳いでいた。

「ちょっと待って」

呪いが解ける？

助かった？

そんな実感はまったくなかった。

「どういうこと？」と再び訊く。

すると、落ちついた妹が赤く腫らした目を向け、

「だって、肉体を持ったってことは」

ユウキの後頭部を撫でながら言った。

「殺せるってことでしょう？」

4

「呪いを殺《あや》める方法を伝えます」

「まず、被呪者は墓磨と共に思念体を収集することになります。収集方法等は、別途、被呪者に伝えます。それにより、いつになるかはわかりませんが、墓磨は魂の重さにより受肉します。そのように理を整えました」

「肉があるなら、殺めることも可能でしょう」

「具体的な殺害方法はお任せします。なるべく苦しまない方法で送ってあげてください」

「墓磨には思念体を収集するのは貴方を人にするためだと伝えてあります。収集には墓磨の協力が不可欠だからです。なので、受肉するまでは決して墓磨及び被呪者に真実を漏らさないようにしてください」

「よって、これらは文書にはせず口伝とします。被呪者が代替わりするのと同時に、限られた近親者にだけ、伝えてください。よろしくお願いします」

希代の霊能者だった祖母――久那納寿子の言葉は、まず祖父に伝えられ、祖父は母と妹へと引き継いだ。

そういえば、私が父から呪いの話を聞かされた日に、母と妹は祖父のところへ行っていたなと思いだす。

「とりあえず食べなさい」

説明を終えた母が言った。

何をどれだけ食べたのかは覚えていない。気がつくと風呂にいた。脱衣所に墓磨を待たせて、湯船に浸《つ》かる。すりガラスの向こうに、座って背中を預ける墓磨の影があった。

「どう思う?」と訊く声が風呂場に響いた。

「寿子ならあり得ると思う。彼女は優秀だったから」

「それは、つまり」と言いかけて口をつぐむ。

「今なら僕を殺せるってことだね」と墓磨があとを引き取った。

天井から滴が落ち波紋を作った。

「だとして、そのことをどうしてバラしたんだろう。逃げるかもしれないのに」

「どうやって逃げるのさ」とすりガラスの影が訊く。

私から離れられない墓磨には逃げる術などなかった。

「でも、一緒になら」

逃げられるだろ？

そう口にする前に、

「どうして恵介が逃げるのさ」と墓磨が言葉を被せた。

「いや、だって」と言いかけたものの、それより先が続かなかった。

たしかにその通りだった。

呪いを解かなければ、私が死んでしまうのだ。

ようやく、解く方法がわかったと思ったら、墓磨を殺さなくてはならないという。

これまでずっと墓磨とふたりで頑張ってきた結果がこれなのか。何かの間違いであってほしかった。何か他に方法があるのではないか。

「大丈夫？」

「え？」

「いや、のぼせたのかと思って」

「ああ、大丈夫。ありがとう」

汗の浮かんだ顔を湯で洗う。

お前こそ、大丈夫なのかよ。

そう思ったが、声にはならなかった。

風呂からあがり、水分を補給しようと台所へ行くと、妹が立っていた。

「リンゴむくけど、食べる？」

「あ、うん」

冷蔵庫を開けて、缶ビールと牛乳で迷い、牛乳を手にした。墓麿がじっと見るので、二人分グラスに注ぐ。

しゃりしゃりしゃりしゃりと皮をむく音が途切れることなく続いていた。手元は見えないが、うまいものだなと感心する。

「あのさ」と私は牛乳に目を落とし、「他に何か言ってなかった？」と訊いた。

「何が？」

「墓麿のことで、その、殺すってこと以外におばあちゃんが伝えたことってなかったのかなと思って」

「いや、殺す以外に呪いを解く方法はないのかなって、だって」

そこで皮をむく音が途切れていることに気がつく。

「それどういう意味？」

妹がこちらを見ていた。

「深い意味はないけど」

「殺さないってこと？」

下ろされた両手は半分ほどむかれたリンゴと包丁を握っていた。

「そりゃ、もし他に方法があるなら」

「お兄ちゃん」と妹が割り込む。「わかってるの？　このままだと死ぬんだよ？」

「わかってるよ」

「わかってないよ」と妹がリンゴから包丁を離す。「お兄ちゃんが死んだらユウキに憑くんだよ？　そうなったら私は殺すよ、躊躇《ちゅうちょ》なく。だから、一緒だよ」

そう言うと振り返り、再び皮をむき始めた。

居間へ行くと、ユウキが母と絵本を読んでいた。私たちは向かい側に腰を下ろした。ユウキが絵本から墓磨に視線を移して、じっと見つめる。

「目が恵介に似てるね」と墓麿が言った。

「言われてみればそうね」と母が私とユウキを見比べて言った。

ユウキは墓麿を指さし、「かいじゅう」と母に伝えた。

机の上に広げられた絵本には角の生えた毛むくじゃらの怪物が描かれていた。墓麿には似ても似つかない姿なのだが、異様であるという意味ではたしかに同じと言えなくもない。

ユウキは四つん這いで墓麿に近づくと、懐に入り込んでしまう。

「これなに？」と複雑にからまった服を引っ張りながら訊く。

リンゴを持ってきた妹が、その姿を目にして顔色を変える。しかし、害はないと判断したのか、そのまま腰を下ろした。結局、ユウキはリンゴを食べてウトウトするまで墓麿から離れなかった。

三年ぶりに入った蔵は、とくに何も変わっていなかった。二階へ上がると、ベッドの横に墓麿用の布団が敷かれていた。

私が寝間着に着替えている間、墓麿は自分の手を見つめていた。「子供って熱いんだな」とつぶやく。

「どうする？　ベッドで寝てもいいぞ」

墓磨はベッドと布団をチラッと見て、「どっちでもいいよ」と答えた。

「あ、そう」と私はベッドにもぐりこんだ。

「天井が高い」と布団をかぶった墓磨が言う。

そういえば、何年もこの部屋で墓磨と過ごしたが、並んで眠るのは初めてのことだった。

「これからどうする？　何かしたいこととかないか？」

月明かりで藍色に染まった天井を見つめながら私は訊いた。

「僕に決定権があるの？」

「そりゃそうだろう」

「そっか」

寝返りをうったのか、布が擦れる音が聞こえる。もしかしたらこちらに顔を向けているのかもしれない。

「そうだなあ」

墓磨は少しだけ声を弾ませながら、とても控えめに願望を語り始めた。

「いいね、他には？」

私はこの時間を途切れさせまいと、祈るように相槌を打ち続けた。

目の端で壁にかかったカレンダーを見る。律儀に今年のものに交換してあった。土曜日だけが月明かりに溶けている。

何度か数えてみた。

いくら数え直しても、私たちに残された時間は、半年ほどしかなかった。

5

月日は穏やかに過ぎていった。少なくとも表面上はそのように見えた。

母や妹は墓磨の分まで食事を作り、まるで居候をしている親戚のように接していた。出張から帰ってきた義弟のタカシくんは、事前に妹から説明されていたのか、多少戸惑った表情を見せたものの、すぐに私や墓磨を受け入れ、「お義兄さんたちもたいへんですね」と僕と墓磨のコップにビールを注いでくれた。ユウキは墓磨にすっかり懐いており、キグルミ感覚なのか、隙を見つけてはコラージュされた服に身体を潜り込ませている。そのため、墓磨も風呂に入ることが義務づけられた。晴れた日は、洗った服をできるだけ絞ったあと、庭に出て日光浴をするのが習慣になった。墓磨は居候の身に恐縮しているのか、何かと家事を手伝おうとした。朝のゴミだし、皿洗い、掃除、電球の交換、庭の草むしりなど。離れられない私が付き合わされるはめになるのもお構いなしだった。

夕食を終えて、皆でバラエティ番組から流れる笑い声を聞いていると、自分たちが置かれている状況を忘れてしまいそうになる。

それを見透かしたように、

「誕生日プレゼントは何がいい？」と妹がテレビを見ながら訊く。

また翌日には、洗濯した衣服を畳みながら、

「誕生日になんか食べたいものある？」

さらに、トイレに入っている時にわざわざノックをして、

「誕生日は久しぶりに外食にしようかと思うんだけど」

といったように釘を刺しにくる。

その度に私は曖昧に言葉を濁し、墓麿はいくつもの眉を下げ、困った顔をしていた。

誕生日を一週間後に控えた夜。

墓麿が「ベッドで寝てみていいか」と言うので、「もちろん」と答え、交換した。

感想は「天井が少し低い」とのことだった。

眠りについてどれぐらい経っただろうか、気配を感じて目が覚めた。

目の前に顔があった。

暗闇の中に見開かれた目だけが浮かんでおり、しばらくして、妹がのぞき込んでいるのだと気がついた。

「なんだ、お兄ちゃんか」

妹はそうつぶやいて、部屋から出ていった。

私は動けず、そのうち今の出来事が現実だったのか夢だったのかが曖昧になり、眠りに落ちてしまった。

翌朝、妹に変わった様子はなく、納豆をかき混ぜながら、「おはよう」と言うので、「夜、蔵にきた？」とは訊けなかった。

「何してるの？」

蔵に帰り、扉の前に書籍を積む私に墓磨が訊いた。

「いや、扉が開いたら音が鳴るようにしようと思って」

「なんのために？」

「妹が入ってきて、お前を殺すかもしれないから」とは言えなかった。

日めくりカレンダーをめくるように妹の顔が変貌していく。取り繕っていた表面

が剝がれ、感情が滲みだしていた。焦燥と怒りだと思われる黒と赤が濃くなってい
き、それと反比例して鏡に映る私は顔色を失っていった。

そして、誕生日の前日となった。

「おはよう」

目覚めて母屋へ行くと、妹とタカシくんが並んで座っていた。ユウキと母の姿はなく、テーブルに食事もない。

「座って」

そう妹に言われて向かい側に腰を下ろす。

張りつめた空気に、父に呪いのことを告げられた日を思いだした。

「もう、いいよね」と妹が言う。声の揺らぎで、必死になって感情を押し殺しているのがわかった。「というか、タイムリミットだよね」

時計の針は午前十時を指していた。

驚くべきことに、ずっと先延ばしにしてきたものが十四時間後に迫っていた。

「あのさ、夏休みの宿題じゃないんだから」と妹が力なく笑う。

「ユウキと母さんは？」と訊く。

「おじいちゃんとこ」

「もし」とタカシくん。「お義兄さんが無理なら、僕たちがやりますんで」

そう言うと、そばに置いてあった金属バットを握った。

「勘違いしないでね。お兄ちゃんのためじゃないよ。これはユウキのため」と妹はテーブルの上にそっと包丁を置いた。「わかってくれるよね？」

いい天気なのに、カーテンは閉じられていた。

墓磨の服もきっとよく乾いたろうに。

「わかってる」

まるで叱られた子供が言い訳するような声が出た。

わかってる。

そんなことは、言われなくたってわかってる。

墓磨を殺さなければ、自分が死ぬ。

ちゃんとわかってる。

頭ではわかっていた。

「でも」

私がそう言った瞬間、
妹は包丁を握り、テーブルの上に膝を乗せた。

振りかぶり、墓磨へと切っ先が下ろされる。

私はその手首をつかんで、押さえた。

拮抗《きっこう》する力に腕がぶるぶると震える。

妹の熱く湿った息が顔にかかった。

「友達なんだ」

絞りだすようにそう伝えた。

「だから、何？」

睨む妹の目から涙がこぼれた。

「もういいです。お義兄さんは目を閉じて耳を塞いでいてください」

タカシくんが立ち上がる。

私は妹の手をいなし、包丁をテーブルに突き刺す。そのテーブルを押し、タカシくんの臑にぶつけた。

「墓磨、いくぞ」

二人が怯《ひる》んでいる隙に逃げる。

勢いよく居間から出たところで、ぐん、と体が後ろに持っていかれる。

「え？」

尻餅をつき振り返ると、墓磨が座ったまま動いていなかった。

「おい」

なんで？

墓磨は答えない。

背後でタカシくんがバットを上段に構えていた。

「ちょっと」

待って、という言葉を切るようにバットが振りおろされた。

とっさに私は後ろへ倒れた。すると、墓磨の体が少しだけ傾き、バットが脳天をはずれ、肩にヒットする。私が引っ張ったのと、バットの衝撃で墓磨の体がくの字に歪んだ。

いくつもの口から苦痛の声が漏れる。

私はフローリングを這い、絆《きずな》で結ばれた墓磨をその場からなんとか運ぼうとした。

でも、動かなかった。

どれだけ力を入れても、ビクともしなかった。

墓磨が踏ん張っていたからだ。

「どうして？」

力みながら、訊いた。
「どうして？」
同じように、問い返された。
「どうして！」
妹は叫んでいた。
この期に及んで、どうして逃げようとするのか。
自分が死んでしまうかもしれないのに。
二人はそう問いかけていた。
どうしてなのか、自分でもよくわからなかった。
ただ単純に、墓磨に死んでほしくなかった。
それだけだった。
その結果、自分が死ぬことになったとしても。
自分の死よりも友達の死のほうが、
呪いなんていう曖昧なものよりも目の前にいる友達のほうが、
よほど現実に感じられた。
だから、

「死んでほしくないんだ」
素直にそう伝えた。
墓磨は困ったような、泣くような、微笑むような表情を同時に浮かべて、
「僕もそうだよ」
と答えた。
「死んでほしくないんだ」と。
ふと、蟬の鳴き声が聞こえた気がした。
なぜだか、父が息を引き取った時のことが頭に浮かんだ。
布団に横になる父の姿。
いつものように申し訳なさそうな顔をしている。
父は家族の名前をつぶやいた。
そこには、墓磨の名もあった。
「すまないね」
あの場には私と母しかいないと思っていた。
でも、当時の私には見えていなかっただけで、墓磨もいたのだ。
彼はどのような気持ちで父を見送ったのだろうか。

「死んでほしくないんだ」

最後の息を吐き終えた父のそばで、両膝をつき、うなだれる墓磨の姿を見た。

そんな気がした。

三人が私を見ていた。

私が墓磨を殺したくないのと同じように、墓磨だって私を殺したくないのだ。きっと、妹やタカシくんだってそうだ。

「なんだよ」と体から力が抜ける。

これじゃあ、私だけが駄々をこねている子供みたいじゃないか。

墓磨が困ったような顔で笑っていた。

私は眼鏡をはずし、目を拭ったあと、肺を空っぽにするように深く息を吐いた。

這っていき、墓磨の額に額をぶつける。

すべての目が私を見ていた。

私はできるだけ多くの目を睨みつけて、

「送ってやるよ」

そう伝えた。

心霊科医として。

友人として。

墓磨の唇が微かに動いたが、声にはならなかった。

仰向けになった墓磨の上にまたがる。

何重にもなっている服はクッションのようで心地良かった。

首がひとつでよかった。

首に手をかけ、指で頸動脈《けいどうみゃく》を探る。

人と同じ場所にあったそれを、指の腹で押さえると、ほどなく瞳から意識が消えた。

嗚咽が聞こえた。

泣いているのは妹だろうか。私だろうか。

それから力を入れて気道を塞ぐ。

少しでも躊躇すれば、瞬く間に気持ちが砕けてしまうとわかっていた。だから、持てる力を振りしぼり注いだ。

妹に肩を叩かれるまで、私は息もせずに墓磨の首を絞め続けた。

※

久那納さんへのインタビューが実現したのは、車で元春日クリニックへと送って別れた日から一年後のことだった。

ずっと、あの日、後部座席に座っていた異形の存在のことが気になっていた。

数日経っても、久那納さんからの連絡はなく、こちらから電話をかけても繋がらなかった。

何度か元春日クリニックにも足を運んでみたが、シャッターが閉められており、窓からのぞいてみたかぎりでは、誰もいないようだった。共通の知り合いであるプロデューサーの神宮寺に訊いてみたところ、「久那納さん？　はいはい、久那納さん、えーっと、どちらの？」といつもの調子で役に立たなかった。

気になっていたとはいえ、僕も日々の仕事に追われ、思いだす頻度は徐々に減っていった。

そんなある日、一通のメールが届いた。

差出人は久那納恵介。

開くと「遅くなったけど、約束を果たします」と書いてあった。

夕方から始まった取材が終わったのは深夜二時頃だった。

話を終えた久那納さんが冷めたコーヒーに口をつける。

「実体化した呪いですか」

僕はボイスレコーダーを止めて、つぶやいた。バックミラーに映った継ぎ接《は》ぎされた顔を思いだす。たしかに呪いを具現化したようなおぞましい姿ではあった。

「信じられませんよね」

「あ、いや、それは僕が判断することではないので」

「そういうものですか」

「そういうものです」と答えたものの、これはフィクションとして書かないと成り立たないなと思った。

「それで、その墓磨さんの遺体はどうなったんですか？」と訊く。呪いにさん付けしていることに対する違和感が口調や表情にあらわれないように気をつけた。

「火葬しました」と久那納さんは当たり前のことのように答えた。

町の火葬場は、場所柄から久那納家とは深い関わりがあるらしく、身元が不明で且つ異様な姿をした遺体を、正規の手続きを踏まずに焼いてくれたそうだ。なんとなく息を引き取ったあとは、黒い霞やら光に包まれるなりして消えたものと考えていたので驚いた。

「えっと、じゃあ、焼かれたあとの遺骨はどうされたんですか？　やはり久那納家のお墓に」

「いや、それが」と久那納さんが苦笑する。

骨壺を持ち帰ったあと、久那納さんは中身を砕いて湯に溶き、飲んだという。

「ちょっと待ってください」僕は話を一旦止める。「え、なんでそんなことを？」

戸惑いながらそう訊くと、

「離れなかったから」と答えた。

灰や骨になっても墓磨さんと久那納さんのルールは消えず、離すことができなかったという。このまま骨壺を引きずって暮らすわけにもいかないので、しかたがなく、体内に入れたのだと説明してくれた。さすがに、この話を飲み込むのには、多少の時間が必要だった。

「ま、おいしいものではなかったね」と言って肩をすくめる。

何はともあれ久那納さんは無事に三十歳を迎え、甥っ子のユウキくんに呪いが移った形跡もないとのことだった。

僕はメモ帳に視線を落とし、ふと気がつく。

「そっか、じゃあ心霊科医は廃業なんですね」

思念体が見える墓磨さんを失ってしまったのだから、当然そうなるだろうと思った。

「ええ、てっきりそうなるものと思っていたんですが」と言って、久那納さんが色の入った眼鏡を外す。

あらわになった右目が、濃い灰色に濁っていた。

「墓磨を飲んでから徐々に色が変わって」と眼鏡のツルを撫でながら言う。「そしたら見えるようになりました」

「見えるって、それはつまり」

久那納さんは恥ずかしがるように眼鏡をかけ直すと、

「だから、もう少し続けようと思います」

そう言って、笑みを浮かべた。

解説　呪いに心はありますか

織守きょうや（作家）

本書は、三十歳になれば死ぬ呪いに取り憑かれた一族の長子、久那納恵介と、一族に取り憑いた、墓磨と名づけられた呪いの物語である。

久那納家の長子は、齢三十を越えられずに死ぬ。

自身に取り憑いたその呪いを解くため、前院長が自殺した病院跡に住む、自称心霊科医——幽霊を診る医師（医師免許はないが）である恵介は、自分にしか視《み》えない相棒・墓磨の力を借りて、持ち込まれる様々な心霊相談に対応する。

除霊することでしか得られない特別な「ワクチン」を集め、墓磨に取り込ませることで、呪いは徐々に解除へと近づく。ワクチンを十分に取り込んだ墓磨は人間になり、恵介は呪いから解放される——彼らはそう信じている。

本書において、幽霊は、人が生を終えたときに残る何らかの痕跡、たとえばぬくもりや香りと同じ「名残」の一種、残留思念体であると説明される。ただ存在するだけの、何の害もない存在だ。

しかし、幽霊は心的外傷等の要因で変容することがある。そうなると、本来干渉できないはずの「こちら側」にも干渉してくる干渉型思念体、つまり、悪霊になってしまう。

恵介は、呪いを解くためのワクチンとして、干渉型思念体をただの残留思念体に戻さなければならない――平たく言えば、悪霊を普通の幽霊に戻さなければならない。

悪霊から普通の幽霊、残留思念体に戻ると、その霊は呪いを解くためのワクチンになる。そして、ワクチンを墓麿が取り込むことで、彼は人間に近づいていく。

本書では、このような設定、世界観について、実にスムーズに、過不足なく説明が行われる。呪いやワクチンのシステムだけでなく、幽霊という存在についてもだ。たとえば、幽霊が服を着た姿で現れるのは、生きているときに「自分である」と認識していたもの、日常だったものを再現しているからである――というように、ちゃんと物語の前提、その世界におけるルールが示される。著者が意識しているかは別として、これはホラーよりむしろミステリの、それも特殊設定ミステリの作法だ。設定自体がおもしろいため、楽しく読まされてしまうが、実はこれはミステリ的な驚きをもたらすためのルール説明なのだ。淡々と進む物語の中で、読者は何度も驚かされる。そうか、あの設定はこのためか、確かにヒントが与えられていた……と気づいてにやりとする。

恵介のもとに持ち込まれる相談内容は、「自宅に幽霊の死体が出る」「幽霊が誘拐された」「ゾンビと暮らしていた女性がいる」等、バラエティに富んでいて、それぞれが魅力的な謎の宝庫だ。

たとえば一つ目のエピソード『どうして幽霊は服を着ているのですか?』では、「ある夫婦の妻だけに、室内にいる幽霊の死体が視える」という相談が持ち込まれる。調査の過程で、その家では過去に無理心中があったことがわかるが、その家に二十年ほど住んでいた前の住人は何の問題もなくその家で暮らしていたという。無害な残留思念体であったはずの幽霊は、いったいいつ、何故、人間に干渉する悪霊となったのか。読み進めると、次々と意外な事実が判明する。

死んだ娘の幽霊と暮らしていた女性から、娘の霊が誘拐された、という相談が持ち込まれる二つ目のエピソード、『身代金の相場を教えてください』も印象的だ。彼女にしか視えないはずの幽霊を誘拐することは可能なのか？　娘の幽霊が視えていたというところからすべてが彼女の妄想なのか？　彼女の妄想を知った誰かが、幽霊の誘拐事件をでっちあげたのか？　またもや、魅力的な謎と予想を裏切るスピーディな展開。当然、ページをめくる手は止まらなくなる。

このように、全編を通して、この物語にはいくつもの謎がちりばめられている。それぞれが、それ一つだけで短編を一本書けてしまいそうな魅力的な謎だ。しかし、恵介や読者が謎に直面してすぐに、著者はその答えを、惜しげもなく明かしてしまう。もうちょっと引っ張ってもいいのでは、と思うほどあっさりと。そうして一つの謎が解けると、また次々と新たな謎やタスクが生まれる。そうやって読者を全く飽きさせることなく、物語の結末まで連れて行くのだ。非常にうまい。

恵介は探偵ではないので、頭をひねって推理して、証拠を集め、真相にたどりつくということはしない。何かの拍子に、伏せられていた情報がさらりと明かされ、その瞬間にぱっと視界が開けるかのように謎が解ける。

情報はもちろん、意図的に伏せられている。文章でミスリードされているわけだが、それも、無駄のない文体のせいで、大きな違和感にならない。この作品のおもしろさには、構成のうまさはもちろん、著者のさらりとした文体が大きく貢献していると思う。

端的に言って、岩城裕明の文体はかっこいい。ウィットに富んでいて詩的でもあるが、決して装飾的ではなく、自分に酔っているようなところはない。さりげないのに洗練されている。読みながら、いいなあ、と何度も感嘆したが、おそらく著者本人は、そこまで意識せずに書いているのだと思う。正直に言うと、それがちょっと悔しくて、憎い。かっこいいなあ。思わず物書きとしての個人的な感想が漏れてしまった。

さて、恵介と墓麿は、様々な事件を解決しながら、少しずつ、呪いの解除へと近づいていく。

呪われた一族の長子と、呪い。被害者と加害者。それが彼らの関係だ。

しかしそれと同時に、彼らは友人同士でもある。呪いの効果でかたときも傍《そば》から離れられず、墓麿の姿は恵介にしか視えない。それに、同じ目的に向かっている。

墓磨を人間にすること。そして久那納家を呪いから解放すること。

タイムリミットが近づく中、二人は、共通の目的のため、協力して事件を解決する。

そして――

残酷な事実が明らかになった後も、二人は淡々としている。

淡々と、しているように見える。

受け容れるしかない。結末は最初から一つしかない。

そのたった一つの、残酷な結末に向かって、物語は静かに進む。

墓磨は幽霊ですらない。呪いだ。それが、ワクチンを与えられ、名前を与えられた。

曖昧な存在だったその呪いは、「墓磨」になり、長い時間を、三十歳で命を落とすことを定められた一族の長子たちと過ごした。

ただの呪いを「墓磨」にしたのは、彼を作ったのは、呪われた一族である久那納家の長子たち――恵介の祖母であり、父であり、恵介だ。

ワクチンを取り込むたび、墓麿は人間に近づいていくが、彼と恵介とのやりとりを見ている読者からすれば、彼はとっくに人間と変わらない存在に思える。「僕が空想だったらどうしよう」なんて、人間以外の誰が考えるだろう？

だからこそ、避けられないとわかっていても、結末は辛《つら》い。

それでも読者は受け容れるしかない。彼が、彼らが受け容れたように。

この物語の結末は、少しだけ怖くて、切なくて、悲しくて、美しい。


本書を買おうかどうか迷って、とりあえず解説を読んでいるという方がいたら、購入を強くお勧めする。岩城裕明は、私が新作を楽しみにし、新刊が出るたびに購入している、そう多くはない作家のひとりだが、その中でもこの作品は、特別におもしろい。

解説をここまで読んだ方にはおわかりのことと思うが、私は彼の作品が好きだ。岩城裕明のファンなのだ。本書を読んだ貴方も、きっとそうなる。

その呪いには名前があった。

心もあった。

残酷なことに。

これは、名前と心を持った呪いと、呪われた者との友情の物語である。

二〇一八年八月　小社刊
（『呪いに首はありますか』改題）

本作品はフィクションです。実在の個人および団体、事件等とは一切関係ありません。

（編集部）

実業之日本社文庫　最新刊

中山七里
ふたたび嗤う淑女
金と欲望にまみれた〝標的〟の運命を残酷に弄ぶ、投資アドバイザー・野々宮恭子。この女の目的は……人気悪女ミステリー、戦慄の第二弾！（解説・松田洋子）
な52

早見 俊
女忍び　明智光秀くノ一帖
卓越した性技をもち、明智光秀を支える「白蜜党」。武田信玄を守る名器軍団「望月党」。両者は最終決戦へ。新聞連載時より話題沸騰、時代官能の新傑作！

は72

南 英男
罠の女　警視庁極秘指令
熱血検事が少女買春の疑いをかけられ停職中に金属バットで撲殺された。極秘捜査班の剣持直樹は、検事を罠にかけた女、自称〈リカ〉の行方を探るが――!?

み720

木宮条太郎
水族館ガール8
いつまでも一緒にいたい――絶滅危惧種の保護問題に直面しつつ、進む由香と梶の結婚準備にさらなるハードル。そしてアクアパークにまたもや存続の危機が？
も48

遊歩新夢
三日後に死ぬ君へ
過去を失った少女と、未来に失望した青年。ふたりの宿命的出会いが奇跡を起こす!?　切なすぎる日々の果てに待っていたものは…。怒濤のラストは号泣必至！

ゆ31

吉田雄亮
北町奉行所前腰掛け茶屋　片時雨
名物甘味に名裁き？　貧乏人から薬代を強引に取り立てる医者町仲間と呼ばれる集まりが。彼らの本当の狙いとは？　元奉行所与力の老主人が騒動解決に挑む！

よ58

実業之日本社文庫　好評既刊

阿川大樹
終電の神様
通勤電車の緊急停止で、それぞれの場所へ向かう乗客の人生が動き出す――読めばあたたかな涙と希望が湧いてくる、感動のヒューマンミステリー。
あ131

阿川大樹
終電の神様　始発のアフターファイブ
ベストセラー『終電の神様』待望の書き下ろし続編！　終電が去り始発を待つ街に訪れる5つの奇跡を、温かな筆致で描くハートウォーミング・ストーリー。
あ132

阿川大樹
終電の神様　台風の夜に
ターミナルの駅員、当直明けの外科医、結婚式を予定しているカップル――台風で鉄道が止まる一夜、それぞれの運命が動き出す。感動のベストセラー新作！
あ133

有栖川有栖
幻想運河
水の都、大阪とアムステルダム。遠き運河の彼方から静かな謎が流れ来る――。バラバラ死体と狂気の幻想が織りなす傑作長編ミステリー。（解説・関根亨）
あ151

有栖川有栖
ジュリエットの悲鳴
密室、アリバイ、どんでん返し……。有栖川有栖から読者諸君へ、12の挑戦状をおくる！　驚愕と哄い溢れる傑作&異色ミステリ短編集。（解説・井上雅彦）
あ152

実業之日本社文庫　好評既刊

秋吉理香子
婚活中毒
この人となら——と思った瞬間、あなたは既に騙されている！　人生はどんでん返しの連続。幸福を願うすべての人へ贈る婚活ミステリー。（解説・大矢博子）
あ23 1

伊坂幸太郎
砂漠
この一冊で世界が変わる、かもしれない。一瞬で過ぎる学生時代の瑞々しさと切なさを描いた一生モノの傑作長編！　小社文庫限定の書き下ろしあとがき収録。
い12 1

植田文博
99の羊と20000の殺人
寝たきりで入院中の息子の病名を調べてほしい——。凸凹コンビの元に、依頼が舞い込んだ。奇病の謎を追う、どんでん返し医療ミステリー。衝撃の真実とは!?
う6 1

浦賀和宏
カインの子どもたち
「死刑囚の孫」という共通点を持つ立石アキとジャーナリストの泉堂莉菜は、祖父らの真実を追うためにある調査に乗り出した——。書き下ろしミステリー。
う5 1

恩田 陸
いのちのパレード
不思議な話、奇妙な話、怖い話が好きな貴方に——クレイジーで壮大なイマジネーションが跋扈する恩田マジック15編。（解説・杉江松恋）
お1 1

実業之日本社文庫　好評既刊

倉阪鬼一郎
下町の迷宮、昭和の幻
遠いあの頃が呼ぶ……田端の銭湯、谷中の紙芝居、浅草の漫談師、錦糸町のチンドン屋。下町に恐怖と郷愁が横溢する昭和レトロホラー。（解説・三島政幸）
く41

倉知 淳
豆腐の角に頭ぶつけて死んでしまえ事件
戦争末期、密室状況の陸軍の研究室で死んでいた兵士のそばには、なぜか豆腐の欠片が――奇想満載、前代未聞のユーモア&本格ミステリ。（解説・村上貴史）
く91

嶋中 潤
死刑狂騒曲
死刑囚を解放せよ。テロ組織から脅迫状が届いた。女性刑事は体当たりの捜査で事件解明に挑む。犯罪サスペンス×どんでん返しミステリー！（解説・千街晶之）
し41

周木 律
不死症《アンデッド》
ある研究所の瓦礫の下で目を覚ました夏樹は全ての記憶を失っていた。彼女の前に現れたのは人肉を貪る異形の者たちで!?　サバイバルミステリー。
し21

周木 律
幻屍症　インビジブル
絶海の孤島に建つ孤児院・四水園――。閉鎖的空間で起こる恐るべき連続怪死事件に特殊能力「幻屍症」を持った少年が挑む！　驚愕ホラーミステリー。
し22

実業之日本社文庫　好評既刊

周木律
土葬症　ザ・グレイヴ
探検部の七人は、廃病院で肝試しをすることに。そこには死んだ部員の名前と不気味な言葉が書かれた卒塔婆が立っていた……。恐怖のホラーミステリー！
し２３

朱川湊人
私の幽霊　ニーチェ女史の異界手帖
日枝真樹子は、故郷で高校生時代の自分にそっくりな幽霊を目撃することに……。博物学者と不思議な事件を解明していく、感動のミステリーワールド！
し３２

大門剛明
ぞろりん　がったん　怪談をめぐるミステリー
古くから伝わる怪談に起因する事件が、日本各地で発生していた!?「座敷わらし」「吉作落とし」など短編ミステリー6話をいきなり文庫で！
た５１

高橋克彦
たまゆらり
異界に越境し浮遊する小説家の念が、死者の魂を引き寄せる……。文庫オリジナル1編を新たに加えた、高橋ホラーワールドの真髄。（解説・東 雅夫）
た３１

中山七里
嗤う淑女
稀代の悪女、蒲生美智留。類まれな頭脳と美貌で出会う人間すべてを操り、狂わせる――。徹夜確実、怒濤のどんでん返しミステリー！（解説・松田洋子）
な５１

実業之日本社文庫 い191

呪《のろ》いのカルテ たそがれ心霊《しんれい》クリニック

2021年8月15日 初版第1刷発行

著 者 岩城裕明《いわきひろあき》

発行者 岩野裕一
発行所 株式会社実業之日本社
〒107-0062 東京都港区南青山5-4-30
CoSTUME NATIONAL Aoyama Complex 2F
電話 [編集]03(6809)0473 [販売]03(6809)0495
ホームページ https://www.j-n.co.jp/
DTP ラッシュ
印刷所 大日本印刷株式会社
製本所 大日本印刷株式会社

フォーマットデザイン 鈴木正道(Suzuki Design)

ISBN978-4-408-55676-5(第二文芸)